Partez!

En français s'il vous plaît C

Partez!

Jane Love
Suzanne Majhanovich

Editorial Development: Mary E. Coffman

Copp Clark Pitman Ltd.
Toronto

ISBN 0-7730-1676-7

Editing: Mary E. Coffman, Beverley Biggar
Design: Zena Denchik
Illustration: Tina Holdcroft
Cover Art: Carola Tietz
Typesetting: Parker Typesetting
Printer: Ashton-Potter Ltd. Toronto, Ontario

Canadian Cataloguing in Publication Data
   Love, Jane, 1951-
    En français s'il vous plaît C : partez!

   For use in schools.
   Includes index.
   ISBN 0-7730-1676-7

   1. French language - Text-books for non-French-
speaking students - English.* I. Majhanovich,
Suzanne, 1943-   II. Title: En français s'il vous
plaît C : partez!

   PC2112.L684   448.2'421   C81-095148-7

Copp Clark Pitman Ltd.
495 Wellington Street West
Toronto, Ontario   M5V 1E9

Printed and bound in Canada

ACKNOWLEDGEMENTS

The publisher wishes to thank the following persons who acted as consultants or reviewers of this text.

D. Anthony Massey
Faculty of Education
Queen's University
Kingston, Ontario

Edmond V. Levasseur
Supervisor
Modern Languages
Edmonton Catholic Schools
Edmonton, Alberta

Marie-Antoinette Monette
French Coordinator
The Essex County Roman Catholic School Board
Essex, Ontario

The publisher wishes to thank the following persons and agencies for permission to reproduce the photographs used in this text.

Alain Lits/Miller Services (109)
Editions Stanké Ltée (94)
Havelberg Dog Academy (74)
Hudson's Bay Co. (136)
Manitoba Archives (21, 23, 32, 36)
Miller Services (8, 11, 28, 41, 49, 55, 68, 81, 83, 85, 91, 97, 101, 113, 114, 123, 147, 149, 157, 159, 161)
Minnesota Historical Society (143)
Panda Associates — Photographers and Affleck, Desbarats, Dimakopoulos Lebensold. & Sise. Architects. (67)
Public Archives Canada (5, 17, 27, 160)
La Société Historique de Saint Boniface (19)
The Toronto Star (59)

The authors would like to thank Wolfram and Kristina Klose and the staff of the Havelberg Dog Academy for the information they provided on dog training and animals in films for the *Lecture*, *Unité 2*.

The publishers would like to thank the following for permission to reproduce the material indicated.

p. 24 La Société canadienne de la Croix-Rouge for permission to reproduce the Red Cross slogans
p. 35 Festival des Voyageurs for permission to reproduce the logo and illustration
p. 65 Théâtre du P'tit Bonheur for permission to reproduce the illustration and program for the play *Maria Chapdelaine*
p. 102 Bell Canada for permission to reproduce parts of the introductory pages of the telephone book
p. 116-117 Banque Canadienne Imperiale de Commerce for permission to reproduce bank forms

TABLE DES MATIÈRES

UNITÉ 1

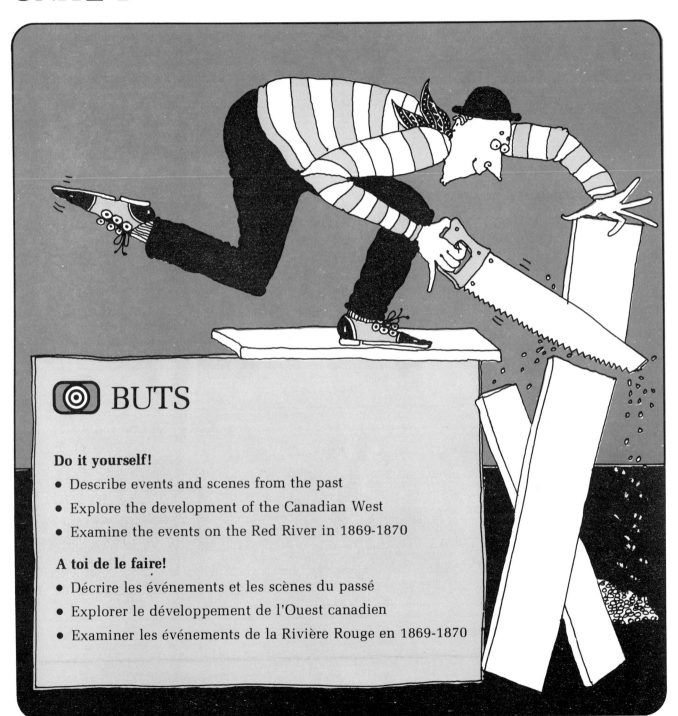

⊚ BUTS

Do it yourself!
- Describe events and scenes from the past
- Explore the development of the Canadian West
- Examine the events on the Red River in 1869-1870

A toi de le faire!
- Décrire les événements et les scènes du passé
- Explorer le développement de l'Ouest canadien
- Examiner les événements de la Rivière Rouge en 1869-1870

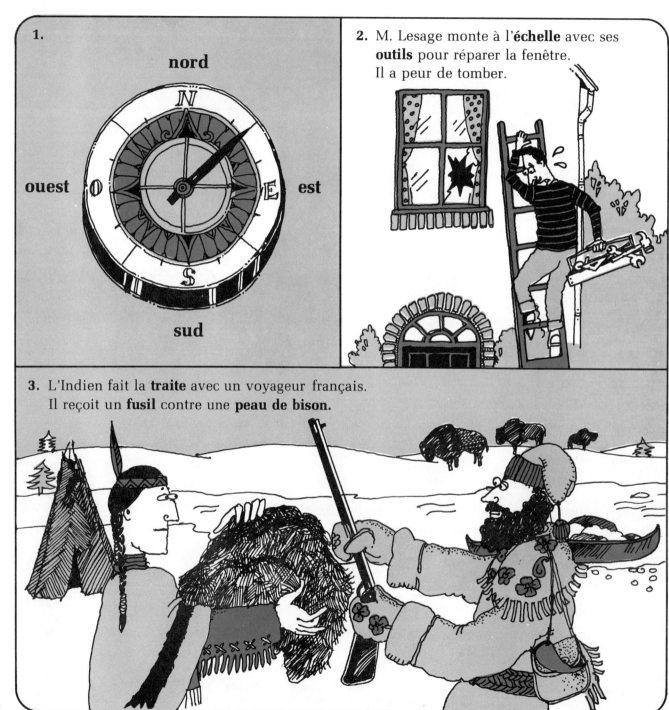

1.

nord

ouest est

sud

2. M. Lesage monte à l'**échelle** avec ses **outils** pour réparer la fenêtre. Il a peur de tomber.

3. L'Indien fait la **traite** avec un voyageur français. Il reçoit un **fusil** contre une **peau de bison**.

4. Isabelle a apporté son parapluie.
Sa robe est **sèche**.
Son chapeau et son chandail sont **secs** aussi.
Pauvre Phyllis a oublié son parapluie.
Elle est complètement **mouillée**.

Phyllis

Isabelle

Exercices

A. Répondez aux questions suivantes.

1. Quels sont les quatre points cardinaux?
2. De quoi M. Lesage a-t-il besoin pour réparer sa fenêtre?
   Pourquoi a-t-il peur?
3. Pourquoi l'Indien et le voyageur sont-ils ensemble?
   Qu'est-ce que l'Indien donne au voyageur?
   Qu'est-ce que le voyageur donne à l'Indien en échange?
4. Comment est la robe d'Isabelle?
   Comment sont son chapeau et son chandail?
   Comment est Phyllis? Pourquoi?

B. Donnez le contraire de:

1. sec, sèche
2. le nord
3. l'est

C. Donnez le mot qui veut dire:

1. l'échange d'une chose pour une autre
2. un instrument dont on a besoin pour faire quelque chose
3. la membrane qui recouvre le corps des hommes et des animaux

D. Remplacez les tirets par les mots du nouveau vocabulaire.

1. L'Arctique est dans le _____ du Canada.
2. Le soleil se lève à l'_____ .
3. La peau du serpent est très _____ .
4. L'air dans le désert est très _____ .
5. Le pompier monte à une _____ pour sauver la femme.
6. Les Indiens des Plaines ont chassé le

   _____ .

7. Le voleur est entré dans la banque avec un _____ caché sous son manteau.

3

VOCABULAIRE II

chemin de fer *n.m.* train

Beaucoup de personnes préfèrent le **chemin de fer** comme moyen de transport. C'est moins cher que l'avion.

esprit *n.m.* l'activité mentale d'une personne − ses pensées, son intelligence, sa mémoire, son caractère, etc.
Une idée m'est venue à l'**esprit**.

gens *n.m.pl.* les personnes

Les **gens** qui pensent que le monde est plat ont tort.

mélange *n.m.* un ensemble de choses différentes

Le cidre est un **mélange** de jus de pomme, d'épices et de morceaux d'orange.

effrayé, -e *adj.* terrifié, saisi de peur

Christophe est **effrayé** par les histoires de fantômes.

s'ennuyer *v.* trouver quelque chose peu intéressant, ennuyeux ou monotone

David n'a rien à faire. Il **s'ennuie**.

s'intéresser à *v.* trouver quelque chose intéressant, amusant ou profitable

Marilyn **s'intéresse à** la danse. Elle étudie le jazz et le ballet.

ralentir *v.* aller plus lentement
L'auto **a ralenti** quand elle s'est approchée du feu rouge.

à l'aise confortable; **mal à l'aise** non confortable
Henri se sent **à l'aise** avec son amie Christine, mais il se sent **mal à l'aise** avec ses parents.

Exercices

A. Complétez les phrases suivantes en employant un mot du nouveau vocabulaire.

1. Si tu te sens _____ _____ _____
   avec Pierre, ne sors pas avec lui.
2. Si tu ne peux pas décider entre un jus d'orange et un jus de pomme, bois les deux ensemble: un _____ délicieux!
3. Si tu n'aimes pas la solitude, cherche la compagnie d'autres _____ .
4. Si tu veux t'amuser à la plage, n'invite pas une fille qui est _____ par l'eau.
5. Si tu rêves d'être une actrice célèbre, ne sors pas avec un garçon qui _____ au théâtre.
6. Si tu détestes le plein air, ne prends pas tes vacances avec un ami qui _____ au camping.
7. Si tu préfères dormir tranquillement la nuit, n'achète pas de maison près de la gare du

   _____ _____ .
8. Si tu ne veux pas avoir de contravention, ne fais pas d'excès de vitesse: _____ .
9. N'oublie pas qu'il faut exercer l'_____ et le corps. Lis beaucoup.

B. Est-ce que tu te sens à l'aise ou mal à l'aise dans les situations suivantes?

1. Tu présentes une composition orale à la classe.
2. Ta mère t'embrasse devant tes amis.
3. Tu vas à une partie où tu ne connais personne.
4. Un ami arrive chez toi et la maison est en désordre.
5. Ton professeur donne un test inattendu à la classe.
6. Il faut parler français à un ami (une amie) de tes parents.
7. Tu rentres chez toi tout(e) seul(e) à pied la nuit.
8. Tu vas à l'école en auto avec un ami qui conduit bien mais vite.
9. Tu sors avec un garçon ou une fille pour la première fois.
10. Tu voyages en avion.

Un guerrier indien du tribu Cree

5

VOCABULAIRE III

1. Cette fille est gravement **blessée.**
Dracula lui a rendu visite pendant la nuit et il a bu son **sang**.
Elle a oublié de porter sa **croix**.

2. Mme Lacasse a donné **naissance** à quatre petits garçons.
Elle est fatiguée et **dépend de** son mari pour l'aider à la maison.

3. M. Casaubon **menace de** quitter l'hôtel.
Il n'y a jamais d'eau chaude **disponible** quand il veut prendre une douche.

4. Ce chemin **mène** au vieux château sur la **colline**.
Le chemin **suit** la **côte jusqu'à** la **baie**.

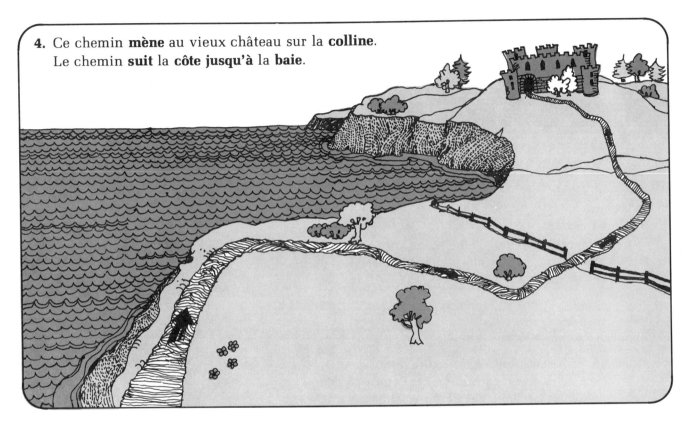

Exercices

A. Répondez aux questions suivantes.

1. Est-ce que cette fille est en forme?
Qui l'a visitée pendant la nuit?
Qu'a-t-il fait?
Qu'est-ce que la fille a oublié de porter?

2. Pourquoi Mme Lacasse est-elle fatiguée?
Est-elle capable de tout faire sans l'aide de son mari?

3. Qu'est-ce que M. Casaubon menace de faire?
Pourquoi ne peut-il jamais prendre sa douche?

4. Où est-ce que ce chemin mène?
Où se trouve le château?
Est-ce que le chemin traverse le champ jusqu'à la baie?

B. Connaissez-vous ces noms propres? Remplacez les tirets par les mots du nouveau vocabulaire.

1. La _____ James: dans le sud de la Baie d'Hudson au Canada

2. La _____ d'Azur: où la France borde la mer Méditerranée

3. La _____-Rouge: une société fondée en 1864 qui vient à l'aide des malheureux

4. La _____ Magnétique: une attraction touristique dans la province de Nouveau-Brunswick

C. Remplacez les tirets par les mots du nouveau vocabulaire.

1. Susie prend toujours l'auto de son père. Il _____ de cacher les clefs.

7

2. Un animal _____ est très dangereux. Ne le touche jamais.
3. Cet enfant malade a besoin d'une transfusion de _____ immédiate.
4. Les billets au concert sont _____ à la porte.
5. J'ai la même date de _____ que Bobby Orr, le 20 mars.
6. L'enfant _____ son grand-père aveugle à table.
7. L'explorateur _____ la route indiquée sur la carte.
8. Suivez cette rue _____ l'église, puis tournez à gauche. Votre hôtel est juste au coin.
9. Mon chien _____ de moi pour lui donner à manger chaque jour.

D. Réponds à ces questions personnelles.

1. Quand tes parents sont fâchés contre toi, qu'est-ce qu'ils menacent de faire? Qu'est-ce que tu menaces de faire quand tu es fâché?
2. Quelle est ta date de naissance?
3. Crois-tu que les médiums peuvent contacter les esprits des personnes mortes?
4. Une personne que tu n'aimes pas tellement vient chez toi. Décris le mélange dégoûtant que tu lui offres à boire.
5. A quoi t'intéresses-tu?
6. Dans quelle situation t'ennuies-tu?
7. Te sens-tu malade quand tu vois le sang?
8. Jusqu'à quel âge faut-il rester à l'école?
9. Quand te sens-tu mal à l'aise?
10. Si on prend la ville de Winnipeg comme point de départ, dans quelle(s) direction(s) faut-il voyager pour aller à Kingston? A Yellowknife? A Edmonton? A San Francisco?
11. Par qui ou par quoi es-tu souvent effrayé(e)?
12. Quel snack n'est jamais disponible chez toi?

13. De qui dépends-tu pour ton argent de poche?
14. Est-ce que tu te couches souvent avec les cheveux mouillés?
15. Si on respecte quelqu'un, on suit souvent son exemple? Suis-tu l'exemple de quelqu'un? Pourquoi?

La vue aérienne de Winnipeg

8

 # STRUCTURES

Afin de, avant de

Afin de préparer une boisson délicieuse et différente, essayez cette recette pour un cidre épicé.

Avant de commencer, achetez les ingrédients et assemblez les ustensiles nécessaires.

Recette

Mettre 5ℓ de cidre dans une grande casserole.

Faire bouillir le cidre.

Ajouter 1 bâtonnet de cannelle

8 clous de girofle

45 mL de miel

1 orange, pelée et en sections

Laisser le tout mijoter (cuire doucement) pendant 10 minutes.

Servir immédiatement avec des biscuits ou du gâteau aux fruits.

 Observation grammaticale

Marc veut réussir à l'école.	**Afin de** réussir, il faut étudier beaucoup.
Où est le marché?	**Afin d'**y aller, il faut suivre cette rue.
Jean fait ses devoirs maintenant.	**Avant de** commencer, il a arrangé ses cahiers.
Le repas est prêt.	**Avant de** manger, on a mis la table.

Quelle forme du verbe emploie-t-on après les prépositions **afin de** et **avant de**?

Exercices

A. Remplacez les tirets par **afin de (d')** ou **avant de (d')** selon le cas.

Exemple

_____ aller à l'école, il a pris le déjeuner.
Avant d'aller à l'école, il a pris le déjeuner.

1. _____ corriger l'exercice, le professeur choisit un crayon rouge.
2. _____ s'habiller, Marianne se lave.
3. _____ partir en vacances, M. Legrand fait sa valise.
4. _____ jouer au volley-ball, il faut avoir un ballon.
5. _____ dormir, Philippe lit son livre.
6. _____ comprendre le professeur, il faut bien écouter en classe.
7. _____ rester en forme, elle fait du jogging chaque matin.
8. _____ faire nos devoirs, nous regardons la télé pendant deux heures.

PROVERBE

Dieu a fait les hommes tous d'un même sang.

B. Complétez les phrases de la colonne A avec la partie qui convient de la colonne B.

Exemple

Afin de bien parler français . . .
Afin de bien parler français, **il faut le pratiquer beaucoup.**

A	B
1. Afin de gagner de l'argent,	a) elle est allée à la banque.
2. Avant d'aller se promener dehors,	b) il faut le pratiquer beaucoup.
3. Afin de se protéger contre le soleil,	c) il les a mis dans la machine à laver.
4. Avant d'aller au magasin,	d) elle a fermé la porte à clé.
5. Afin d'arriver à l'heure,	e) il a suivi un régime.
6. Afin de laver ses vêtements,	f) il faut se dépêcher.
7. Avant de se lever,	g) ils en ont trouvé une autre plus grande.
8. Avant de quitter la maison,	h) elle a mis son manteau.
9. Afin de maigrir,	i) elle est restée au lit pendant une heure.
10. Avant de vendre leur maison,	j) il faut mettre de la crème solaire.
	k) il a trouvé du travail dans un restaurant.

C. Complète ces phrases comme tu veux. Travaille avec un(e) ami(e) et essaie de trouver au moins cinq façons de compléter les phrases suivantes.

1. Avant de partir le matin pour l'école, je . . .
2. Afin de réussir à l'école, il faut . . .
3. Avant de faire mes devoirs chaque soir, je . . .
4. Avant de partir à une partie, je . . .
5. Afin de préparer le dîner, il est nécessaire de . . .
6. Afin d'être populaire, il faut . . .

La construction du premier chemin de fer est terminée

L'imparfait

Tel père, tel fils

Le père: Comment! Tu veux prendre l'auto pour aller à l'école? A ton âge, je **marchais** dix kilomètres chaque jour pour aller à l'école. Et tu as encore besoin d'argent? Travaille! A ton âge, je **travaillais** sans cesse pour gagner de l'argent — à la station-service, au marché, à la bibliothèque et je **vendais** des journaux. Tu sors ce soir aussi? A ton âge, je ne **sortais** jamais le soir. Ton oncle Bob et moi, nous **restions** toujours chez nous le soir pour faire nos devoirs et pour aider nos parents. Moi, je **faisais** la vaisselle et Bob, lui, il **préparait** les repas.

Le fils: Tu **faisais** la vaisselle? Vraiment?

La mère *(qui entend cette conversation de la cuisine) à elle-même:*
Je vous connais ton frère et toi. Ta sœur Nicole m'a dit que vous ne **faisiez** jamais rien. Elle raconte souvent comment ses deux frères paresseux ne **finissaient** jamais leurs devoirs, qu'ils n'**aidaient** jamais leur mère, mais qu'ils lui **demandaient** sans cesse de l'argent.
(à haute voix) Qui veut m'aider dans la cuisine?

Le père à son fils: Par ici, mon fils. Elle ne va pas nous trouver.
(Ils disparaissent.)

La mère: Tel père, tel fils.

12

☞ Observation grammaticale

A l'âge de quinze ans, je travaill**ais** chaque week-end.
Obéiss**ais**-tu toujours à tes parents à l'âge de cinq ans?
Angèle s'intéress**ait** autrefois aux oiseaux exotiques.
René jou**ait** souvent aux cartes.
Nous buv**ions** dix tasses de café par jour.
Vous choisiss**iez** fréquemment les complets bleus, monsieur?
Ils vend**aient** des revues chaque jour au coin de la rue.
Elles finiss**aient** toujours leurs devoirs avant dix heures du soir.

These sentences are in the past. Do the above sentences describe actions that happened only once or actions that happened several times in the past?

Find the word or words in each sentence that indicate a habitual action.

This tense is called the **imparfait**. To form this tense, take the **nous** form of the verb in the present tense, take away the ending **-ons** (ex. **travaillons**) and add the imperfect endings to this stem.

What are the "**nous** form" stems of the following verbs: **parler, finir, vendre, boire, faire**?

What are the imperfect endings that are added to these stems?

Verbs dealing with a state of mind or feeling such as **aimer, croire, espérer, pouvoir, savoir** and **vouloir** are often in the **imparfait** when used in the past.

Je ne **voulais** pas y aller.
Elle ne **savait** pas la réponse.

Exercices

A. Remplacez les tirets par le mot qui convient.

Exemple
Nous _____ pendant des heures au
téléphone.   (parlais/parlions)
Nous **parlions** pendant des heures au téléphone.

1. Monique _____ souvent du
   piano.   (jouiez/jouait)
2. _____ -vous fréquemment des difficultés
   à l'école?   (Aviez, Avions)
3. Les élèves _____ toujours les exercices
   sans aucune faute. (faisait/faisaient)
4. La vieille femme _____ souvent de l'aide
   de son fils. (dépendait/dépendais)
5. Vous _____ toujours des questions bêtes
   en classe. (posions/posiez)
6. Je m' _____ toujours dans la classe
   d'histoire. (ennuyais/ennuyiez)
7. Le chemin _____ à la rivière.
   (menais/menait)
8. _____ -tu les cours de musique chaque
   été? (Suiviez/Suivais)
9. Les garçons _____ souvent travailler
   avec des outils après l'école. (aimions/
   aimaient)
10. Nous n' _____ pas d'amis dans cette
    ville. (avions/aviez)

B. Nous sommes supérieurs aux autres?
Répondez aux phrases suivantes en imitant
l'exemple.

Exemple
Nous **menons** toujours une vie tranquille, mais
les Duval? Pas du tout!
Ce n'est pas vrai. Les Duval **menaient** toujours
une vie tranquille auparavant.

1. Nous **sortons** toujours le samedi soir, mais les
   Savard? Jamais!

2. Nous **savons** toujours les réponses en classe,
   mais Roger? Jamais!
3. Nous **finissons** toujours nos devoirs, mais les
   autres? Jamais!
4. Nous **voulons** toujours aider les autres élèves,
   mais notre professeur? Pas du tout!
5. Nous **pouvons** toujours courir trois kilomètres,
   mais toi? Impossible!
6. Nous **répondons** toujours en classe, mais
   vous? Jamais!
7. Nous **chantons** toujours bien, mais moi seul?
   Impossible!
8. Nous **avons** toujours l'intention d'étudier,
   mais nos copains? Pas du tout!

 En garde!

1. Les classes **commençaient** toujours à neuf
   heures.
   Vous **commenciez** vos devoirs chaque soir à
   sept heures.
2. Marc **mangeait** chaque soir dans le petit restaurant du coin.
   Nous ne **mangions** jamais chez elle.

Comment prononce-t-on **c** devant **a**, **o**, **u**? Et devant
e, **i**?

Pourquoi avons-nous **ç** dans **commençaient** mais pas
dans **commenciez**?

Quelles autres formes de **commencer** à l'imparfait
vont avoir **ç**?

Comment prononce-t-on **g** devant **a**, **o**, **u**? Et devant
e, **i**?

Expliquez pourquoi nous écrivons **mangeait** mais
mangions.

Quelles formes de **manger** à l'imparfait prennent un
e après le **g**?

C. Dans les phrases suivantes, mettez **manger** ou **commencer** à l'imparfait à la forme qui convient.

Exemple
Elle _____ chaque midi à la cafétéria.
Elle **mangeait** chaque midi à la cafétéria.

1. Je _____ toujours un grand déjeuner.
2. Autrefois, les classes _____ à neuf heures.
3. _____ -vous souvent dans ce restaurant chinois?
4. Nous _____ toujours trop tard à préparer les examens.
5. Alain ne _____ jamais de sandwichs aux tomates.
6. Tu _____ souvent à faire tes devoirs à l'école.
7. Les Legros _____ tous les dimanches chez grand-mère.
8. Marie _____ à jouer très bien de la guitare quand elle s'est blessé la main.

D. Mettez ces phrases à l'imparfait.

Exemple
La route **suit** le bord du St-Laurent.
La route **suivait** le bord du St-Laurent.

1. Ma mère **prépare** toujours de bonnes soupes.
2. Nous nous **sentons** toujours à l'aise chez Maurice.
3. Bertrand **connaît** beaucoup de gens dans cette ville du Nord.
4. **Passez**-vous souvent vos vacances près de la Baie de Gaspé?
5. Pierre et Laurent **prennent** souvent les outils de leur père.
6. Je **bois** toujours un verre de lait avant de me coucher.
7. **Rougis**-tu beaucoup dans la classe de M. Duclos?
8. L'hiver, elle **a** toujours la peau sèche.

E. Remplacez les tirets par l'imparfait du verbe donné à la forme qui convient.

Exemple
Nous ne _____ jamais dans la classe de français. (s'ennuyer)
Nous ne **nous ennuyions** jamais dans la classe de français.

1. Les Indiens _____ souvent à la recherche de bisons. (aller)
2. Je _____ toujours à la géographie. (s'intéresser)
3. Une maladie grave _____ sa vie. (menacer)
4. Elle _____ un esprit vif. (avoir)
5. Nous _____ toujours le chemin de fer pour aller de Montréal à Québec. (prendre)
6. _____ -vous bien l'homme blessé? (connaître)
7. Les trappeurs _____ des peaux de bison contre des fusils. (échanger)
8. Tu _____ chaque soir passer quelque temps auprès de ta grand-mère. (venir)

 En garde!

L'imparfait du verbe **être**.
J'**étais** content de le voir.
Tu **étais** très malade cette année-là.
Il **était** aux Etats-Unis en ce temps-là.
C'**était** un jour magnifique.
Nous **étions** très fatigués.
Etiez-vous aussi son ami?
Ils **étaient** fâchés contre nous.
Les champs **étaient** couverts de neige.

Afin de faire l'imparfait du verbe **être**, à quoi ajoute-t-on les terminaisons **-ais, -ais, -ait,** etc.?

Remarquez qu'on emploie l'imparfait du verbe **être** (et souvent des verbes **avoir** et **faire**) pour les descriptions au passé ou pour décrire un état au passé qui continue dans le présent.

F. Remplacez les tirets par l'imparfait du verbe **être** à la forme qui convient.

Exemple
Les joueurs _____ très fatigués après le match.
Les joueurs **étaient** très fatigués après le match.

Le Bal masqué

Denise: Où _____ -tu hier soir?

Janet: J' _____ au bal masqué à l'école avec Brian.

Denise: Moi aussi, j' _____ au bal masqué, mais je ne vous ai pas vus. _____ -vous les Martiens?

Janet: Nous? Pas du tout! Cheryl et Mike _____ les Martiens. Devine qui nous _____ !

Denise: Hm-m-m. Anne _____ la femme japonaise et Ed le Samuraï — ils _____ fantastiques. Paul _____ soldat et Mélanie _____ agent de police. Aha! Je l'ai. Il y avait un chat et une souris. Brian _____ le chat et toi, tu _____ la souris.

Janet: Presque! Moi, j' _____ le chat et Brian, lui, il _____ la souris. A propos! Ton costume de danseuse orientale _____ superbe!

Denise: Ha-ha! Merci, mais la danseuse _____ Rick. Moi j' _____ l'homme mystérieux à la longue barbe en compagnie de la danseuse.

16

G. Dans le passage suivant, mettez les verbes à l'imparfait.

Exemple
Il _____ . (neiger)
Il **neigeait.**

Mes vacances _____ (être) idéales l'été passé. Ma famille et moi, nous _____ (être) au bord d'un lac où nous avons fait du camping pendant deux semaines. Il _____ (faire) beau chaque jour. Je me rappelle le soleil qui _____ (briller), le bleu du ciel et le vert des sapins. Les oiseaux _____ (chanter) dans les arbres. Les bois et les champs pas loin de notre camp _____ (être) pleins de fleurs sauvages; l'on _____ (pouvoir) en voir des centaines. Je _____ (vouloir) y rester bien plus longtemps.

H. Raconte des choses que tu faisais autrefois que tu ne fais plus maintenant ou que tu fais encore aujourd'hui. Complète ces phrases comme tu veux.

Exemples
Je dormais . . .
Quand j'étais petit, je dormais beaucoup, mais je ne dors plus beaucoup maintenant.

Je faisais . . .
Je faisais du patinage artistique et j'en fais encore, mais moins souvent.

1. Je lisais souvent . . .
2. Je jouais fréquemment au . . .
3. Je jouais du . . .
4. Je mangeais fréquemment . . .
5. Je sortais souvent avec . . .
6. Je passais beaucoup de temps à . . .
7. J'écoutais souvent les disques de . . .
8. A la télé, je regardais . . .

Un voyageur célèbre
In the winter of 1815, Jean-Baptiste Lagimodière performed the incredible feat of travelling over 2800 km on snowshoes from Red River to Montreal to deliver a message to Lord Selkirk. Lagimodière and his wife, Marie-Anne Gaboury, were the first white couple to settle and raise a family on the Prairies and were the grandparents of Louis Riel.

Un trappeur

17

CHER JOURNAL

J'ai appris ce matin que le magasin au coin des rues Martin et McGilvray a brûlé et que le **propriétaire** du **bâtiment**, M. Jackson, a perdu la vie dans l'**incendie**. Cet **événement** a choqué la ville, mais à mon avis c'est pour le mieux. Je sais bien que Jackson était **trafiquant** de **drogues**. Beaucoup de boîtes au deuxième **rayon** dans son magasin cachaient des amphétamines ou de la marijuana. Jackson vendait ces drogues sans poser des questions aux jeunes qui les demandaient. Je connais trop bien la **peine** et la **souffrance** que Jackson a causées. Je ne regrette pas du tout sa **mort.**

A l'aide du dictionnaire!

Tous les mots en caractères gras dans ce texte sont des noms. Le dictionnaire nous donne toujours **la forme singulière du nom** et souvent plusieurs définitions. Il faut toujours considérer le mot **dans le contexte de la phrase donnée** pour comprendre ce que le mot veut dire. Un **m** à côté du nom dans le dictionnaire indique que le nom est **masculin.** Un **f** indique que le nom est **féminin.**

Cherchez les mots en caractères gras dans le dictionnaire.

1. Quels mots sont masculins? Quels mots sont féminins?
   Comment savez-vous le genre de beaucoup de ces mots sans les chercher dans le dictionnaire?
2. Quel mot en caractères gras s'écrit de la même façon quand il est employé comme adjectif?
3. En tenant compte du **contexte de ce texte**, quel mot en caractères gras veut dire:
   a) un grand feu
   b) un commerçant ou un vendeur
   c) un incident important
   d) la fin de la vie
   e) ce qu'on ressent quand on est blessé, malade ou malheureux (2)

f) une construction où l'on habite, travaille, etc.
g) la personne à qui une chose appartient
h) une planche horizontale sur laquelle on met des choses
i) un médicament qui est mauvais pour la santé

Tête-à-tête

1. Paul savait que M. Jackson était trafiquant de drogues et où il cachait ses drogues. Comment?
2. Paul pense que la mort de M. Jackson est pour le mieux. Es-tu d'accord?
3. Est-ce que Paul a eu tort de ne pas le signaler à la police?
4. Quelle habitude est la plus dangereuse pour la santé — les cigarettes, l'alcool ou la marijuana?
5. Qui est la plus coupable — la personne qui vend les drogues ou la personne qui les prend?
6. Est-ce qu'on discute assez les problèmes de la drogue à l'école?
7. Penses-tu qu'on exagère la gravité du problème des jeunes face à la marijuana?
8. Qu'est-ce que la plupart des adultes de ta connaissance pensent de la marijuana? Peux-tu leur parler de drogues franchement?

18

On fait le portage à canot

19

 STRUCTURE

L'imparfait comparé au passé composé

Une imagination vive

1. Où est ton chapeau, Ti-Jean?
J'**allais** à l'école quand un aigle énorme **est descendu** du ciel et l'**a saisi.**

2. Pourquoi n'as-tu pas pris ton bain, Ti-Jean?
Euh! Je **me déshabillais** quand un éléphant gigantesque **a bu** toute l'eau de la baignoire.

3. Pourquoi ne dors-tu pas?
Je **dormais** tranquillement quand le serpent sous mon lit m'**a réveillé.**

4. Pourquoi est-ce que ton dîner est sur le plancher, Ti-Jean?
Je le **mangeais,** mais le gorille qui habite dans la caverne l'**a jeté** par terre.

Observation grammaticale

Quand je **jouais** au tennis, je **suis tombé** et je **me suis cassé** la jambe.
Quand Joanne **parlait** au téléphone, sa mère l'**a appelée.**
Mes parents **faisaient** du ski chaque année dans les Laurentides, mais cette année ils **ont fait** du ski à Banff.
J'**étais** en forme, mais malheureusement cette année j'**ai** trop **grossi.**

In the above sentences, which verbs indicate an action that was taking place in the past and continuing to take place in the past when something else happened?
Are these verbs in the **imparfait** or the **passé composé**?

In the above sentences, which verbs indicate an action that was completed in the past or that interrupted an action that was continuing to take place?
Are these verbs in the **imparfait** or the **passé composé**?

Un navire à vapeur à roue

Exercices

A. Mettez les verbes entre parenthèses à l'imparfait ou au passé composé selon le sens.

Exemple
Nous _____ (dormir) tranquillement quand le chien nous _____ . (réveiller)
Nous **dormions** tranquillement quand le chien nous **a réveillés.**

1. Je _____ (faire) mes devoirs quand Monique _____ .(téléphoner)
2. Nous nous _____ (parler) en classe quand le professeur nous _____ (poser) une question.
3. L'auto _____ (ralentir) quand elle _____ (entrer) en collision avec le camion.
4. Je _____ (suivre) l'allée vers le champ quand je _____ . (tomber)
5. Le trappeur _____ (être) à la recherche de fourrures quand il _____ (découvrir) de l'or.
6. Jacques _____ (monter) la colline quand il _____ (entendre) un coup de fusil.
7. Mme Lebrun _____ (être) à l'hôpital quand elle _____ (donner) naissance à son enfant.
8. _____ -vous (dormir) quand Beth _____ (voir) le bison sur la route?

B. C'est une action habituelle (qui continuait) au passé ou une action qui est terminée? Choisissez le verbe qui convient pour compléter les phrases suivantes.

Exemples
Elle _____ malade autrefois.   (était/a été)
Elle **était** malade autrefois.

Tout à coup quelqu'un _____ à la porte.   (frappait/a frappé)
Tout à coup quelqu'un **a frappé** à la porte.

1. Madeleine _____ toujours à l'aise avec Charles.   (était/a été)
2. Hier soir, j' _____ dans un restaurant chinois.   (mangeais/ai mangé)
3. La famille Laporte _____ dans l'Ouest.   (déménageait/a déménagé)
4. Chaque matin, nous _____ l'autobus de sept heures.   (prenions/avons pris)
5. Oh! là là! Pierre _____ de l'échelle.   (tombait/est tombé)
6. Les légumes et les fruits frais _____ toujours disponibles au marché du coin.   (étaient/ont été)
7. Pendant toute sa vie, M. Bezaire _____ aux autres.   (s'intéressait/s'est intéressé)
8. J'espère que vous _____ des vêtements secs.   (mettiez/avez mis)

C. Mettez ces phrases au passé. Employez l'imparfait ou le passé composé selon le sens.

Exemples
Philippe **a** toujours faim.
Philippe **avait** toujours faim.

Nous **achetons** cette machine à laver.
Nous **avons acheté** cette machine à laver.

1. La baie **est** toujours calme.
2. Soudainement la voiture **ralentit**.
3. Elle **a** la peau très douce.
4. Le matin nous **prenons** toujours un bon déjeuner.
5. Vous ne **suivez** pas ce cours de géographie?
6. La rue **mène** jusqu'au sud de la ville.
7. Cette fois nous **voyageons** par le chemin de fer.
8. Cette année ils **passent** leurs vacances sur la Côte d'Azur.
9. **Sais**-tu qui **est** ici?
10. Je **mets** les vêtements sales dans la machine à laver.

22

D. Réponds à ces questions personnelles.

1. Où étais-tu pendant l'été?
2. As-tu jamais voyagé par le chemin de fer? Où es-tu allé(e)?
3. Quand tu étais petit(e), est-ce que ta mère (ton père) te lisait des histoires? Lesquelles? Est-ce qu'elle (il) te chantait des chansons? Lesquelles?
4. Sais-tu conduire une auto? Qui t'a appris à conduire?
5. Quels cours as-tu suivis l'année passée?
6. Qui dans la classe était malade hier? La semaine passée?
7. De quoi avais-tu peur quand tu étais petit(e)?
8. Est-ce qu'il y avait des places disponibles dans la cafétéria à midi? Hier?

Un camp près de Fort Garry

Le cadeau toutes-saisons...

le don de vie.
Donnez du sang à la Croix-Rouge

Il faut du sang chaque jour

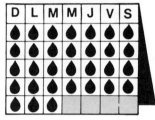

Devenez donneur
CROIX-ROUGE

O
A +O B
A AB
ON A BESOIN DE TOUS LES GROUPES
DONNEZ DU SANG RÉGULIÈREMENT.

Avant de partir n'oubliez pas!

Donnez du sang à la CROIX-ROUGE

SUIVEZ LA FOULE

DONNEZ DU SANG RÉGULIÈREMENT

LA CROIX-ROUGE
partout, pour tous

Du connu vers l'inconnu

Les pronoms compléments d'objet indirect dans les phrases à l'impératif

Tu **m'**apportes une tasse de café?
Apporte-**moi** le journal aussi.

Tu **lui** donnes un chandail?
Donne-**lui** une chemise aussi.

Vous **nous** écrivez aujourd'hui?
Ecrivez-**nous** la semaine prochaine aussi.

Vous **leur** montrez les photos de Marcel?
Montrez-**leur** les photos de Gisèle aussi.

Est-ce que les pronoms en caractères gras sont les compléments d'objet directs ou indirects?

Où met-on les pronoms compléments dans une phrase à l'impératif?

Que faut-il ajouter entre le verbe et le pronom complément d'objet?

Comment est-ce que **me** change à la forme impérative?

Exercices

A. Mettez les questions suivantes à la forme impérative.

Exemple
Tu m'apportes un sandwich?
Apporte-moi un sandwich.

1. Tu m'écris une carte postale?
2. Vous leur vendez ces peaux de bison?
3. Tu nous parles de tes expériences dans le Nord?
4. Vous lui montrez ces machines à laver?
5. Tu lui promets de rester ici?
6. Vous me permettez de vous présenter ma mère?
7. Tu leur donnes ton numéro de téléphone?
8. Vous nous répondez bientôt?

B. Qu'est-ce que vous répondez aux questions suivantes? Employez le verbe entre parenthèses dans votre réponse.

Exemples
Tu veux des bonbons, Angèle? (donner)
Oui, **donne-moi** des bonbons, s'il te plaît.

25

Il veut voir nos cadeaux? (montrer)
Oui, **montrez-lui** vos cadeaux, s'il vous plaît.

1. Tu veux une tasse de chocolat chaud? (apporter)
2. Vous voulez voir l'examen, les élèves? (montrer)
3. Ils veulent voir notre maison? (montrer)
4. Vous voulez acheter ma voiture, Monsieur Paquette? (vendre)
5. Elle veut me parler demain? (téléphoner)
6. Vous voulez une réponse tout de suite? (répondre)
7. Tu veux le fusil? (donner)
8. Il veut corriger nos devoirs? (rendre)

 En garde!

Réponds-moi immédiatement!
Ne me réponds pas immédiatement!

Téléphonez-nous ce soir!
Ne nous téléphonez pas ce soir!

Parlez-lui de vos problèmes!
Ne lui parlez pas de vos problèmes!

Montre-leur la carte!
Ne leur montre pas la carte!

Quelle est la position des pronoms compléments d'objet dans un ordre à la forme affirmative?

Et dans un ordre à la forme négative?

C. Mettez les ordres suivants à la forme négative.

Exemple
Donne-moi ton argent!
Ne me donne pas ton argent!

1. Expliquez-lui la réponse!
2. Montre-moi tes devoirs!
3. Donnez-nous votre chat pendant les vacances!
4. Dites-leur des bêtises!
5. Parlez-moi de la situation!
6. Ecris-lui chaque soir!
7. Offre-leur ton aide!
8. Parlez-nous de ses fautes!

D. Qu'est-ce que tu dis dans les situations suivantes? Emploie un pronom complément d'objet indirect dans chaque réponse.

Exemple
Tu as faim et ton ami, Bob, mange des sandwichs.
Donne-moi un de tes sandwichs, s'il te plaît, Bob.

1. Ton frère a pris ton journal personnel.
2. Toi et ton ami êtes dans un restaurant; vous avez soif.
3. Tu sais que ton amie Yvonne a froid et Lise (une autre amie) a deux pullovers.
4. Ton ami te parle d'une façon impolie.
5. Tes amis vont en vacances et tu aimes recevoir des cartes postales.
6. Ta sœur prépare du cidre épicé pour toi et tes amis.
7. Ton professeur donne trop de devoirs à la classe.
8. Ton petit frère parle aux étrangers.
9. Tes amis veulent voir les photos du Québec de ton frère.
10. Ta mère donne tes disques à ta petite sœur (à ton petit frère).

La mort du bison

# LECTURE

Mort du bison; naissance d'un pays

Le train traversait lentement la plaine. Il faisait chaud; les passagers s'ennuyaient. Soudainement, le train a ralenti. Juste à côté courait un vaste
troupeau de bisons, effrayés par le grand cheval de fer. Les hommes ont
immédiatement saisi leurs fusils et ont tiré. Dix minutes plus tard, soixante
5 bisons étaient morts sur la plaine.

     Pourquoi pleurer le massacre de quelques bisons? N'étaient-ils pas un
obstacle à la colonisation de l'Ouest? Au contraire. Leur présence sur la
plaine a exercé une influence considérable sur le développement de l'Ouest
et du Canada.

10   Les Indiens des Plaines étaient avant tout des chasseurs. Ils menaient
une vie nomade et avaient besoin d'immenses territoires pour la chasse au
bison. Le bison pouvait répondre à presque tous leurs besoins – nourriture,
vêtements, outils et abri. Ils dépendaient du bison et vivaient à l'aise si la
chasse était bonne.

fer iron

ont tiré fired

*a exercé
exerted, had*

*nomade
wandering,
nomadic*
abri shelter

15   Au milieu du XVIIᵉ siècle, les Anglais et les Français sont venus dans l'Ouest à la recherche d'aventure et de profit. Ils s'intéressaient aux four-rures. Les Anglais se sont installés sur les côtes de la Baie d'Hudson et au sud, aux bords de la Rivière Rouge et de l'Assiniboine. De là, les voyageurs français ont continué vers l'ouest et au nord, au coeur même du continent. La
20   compétition entre les deux était féroce et les Indiens tuaient encore plus de bisons que d'habitude, contents de donner les peaux aux traiteurs en échange d'ornements et de marchandises.

         Les voyageurs français épousaient des femmes indiennes et donnaient naissance aux Métis, «les gens des Prairies». Ce mélange de sang indien et
25   français permettait aux Métis de jouer un rôle très important dans le déve-loppement de l'Ouest, premièrement comme intermédiaires entre les Indiens et les Blancs et deuxièmement comme grands chasseurs du bison pour la traite de fourrures. Le pemmican, de la viande de bison séchée, était très nourrissant et très facile à conserver et à transporter. Les voyageurs et les
30   traiteurs dépendaient de la disponibilité de cette nourriture pour survivre. Les Métis seuls étaient capables de préparer la quantité de pemmican de-mandée. Pour le faire, ils organisaient des chasses en équipe, deux fois par an, au printemps et à l'automne. Au début du XIXᵉ siècle, l'organisation de la chasse sur une grande échelle menaçait l'existence des bisons et les Métis et
35   les Indiens avaient de la difficulté à en trouver.

         En 1812, un groupe d'immigrants ont quitté l'Ecosse avec Lord Selkirk pour venir au Manitoba. Ils n'y sont pas venus faire la chasse comme les Indiens et les Métis ou y faire la traite de fourrures comme les Métis et les voyageurs. Ils y sont venus cultiver la terre.
40   Beaucoup d'autres immigrants les ont suivis — les agriculteurs et les commerçants. C'était le début de la fin pour le bison et son chasseur, les Métis et les Indiens. Ces nouveaux venus demandaient de la terre, la terre auparavant consacrée à la chasse. En 1870, quand le Manitoba est entré dans la Confédération du Canada, l'Ouest s'est lié à l'Est, d'abord en esprit et plus
45   tard physiquement avec la construction du chemin de fer CP. On a massacré les bisons en masse. C'était la fin d'une ère.

se sont installés
settled

intermédiaire
go-between,
intermediary

nourrissant
nourishing

début
beginning
sur une grande
échelle
on a large scale

s'est lié
became linked
with, joined with
ère era

Compréhension

Choisissez la meilleure réponse aux questions suivantes.

1. Les passagers du train ont tué les bisons parce que/qu'
   a) ils avaient faim.
   b) ils s'ennuyaient et aimaient le sport.
   c) les bisons ont attaqué le train.

2. Les Indiens menaient une vie nomade parce qu'ils
   a) ne savaient pás construire des maisons.
   b) avaient peur des Blancs.
   c) étaient des chasseurs qui dépendaient du bison pour survivre.

3. Les Français et les Anglais sont venus dans l'Ouest pour
   a) tuer les Indiens.
   b) obtenir des fourrures et de nouveaux territoires.
   c) apprendre aux Indiens comment cultiver la terre.

4. La plupart des Français et des Anglais au Canada au XVIIIᵉ siècle étaient
   a) des amis fidèles.
   b) des traiteurs et des voyageurs en forte compétition.
   c) des missionnaires.

5. Le français se parlait dans l'Ouest parce que
   a) les Métis, les voyageurs et beaucoup d'explorateurs parlaient français.
   b) les nouveaux colons parlaient français.
   c) les Indiens qui sont allés étudier à Montréal parlaient français.

6. Les traiteurs, en échange de fourrures, ont donné aux Indiens
   a) de l'argent.
   b) de la terre.
   c) des ornements et des marchandises.

7. La traite de fourrures dépendait du bison pour
   a) la nourriture.
   b) le transport.
   c) les outils et les vêtements.

8. Les Métis seuls étaient capables de
   a) chasser le bison.
   b) faire la quantité de pemmican nécessaire pour nourrir tous les voyageurs et les traiteurs.
   c) cultiver la terre.

9. Les Métis ont joué le rôle d'intermédiaire entre
   a) les Blancs et les Indiens.
   b) les Français et les Anglais.
   c) l'Est et l'Ouest.

10. Les Métis avaient comme parents
    a) un père indien et une mère française.
    b) un père français et une mère indienne.
    c) un père français et une mère anglaise.

11. Le pemmican était
    a) de la viande de cheval rôtie.
    b) un pain très nourrissant.
    c) de la viande de bison séchée.

12. On mangeait le pemmican parce qu'
    a) il était délicieux.
    b) il était nourrissant et facile à conserver et à transporter.
    c) on pouvait le cultiver facilement.

13. Les immigrants écossais sont venus dans l'Ouest avec Lord Selkirk pour
    a) cultiver la terre.
    b) participer à la chasse.
    c) faire la traite de fourrures.

14. Les Métis et les Indiens n'aimaient pas les nouveaux colons parce qu'ils
    a) épousaient leurs filles.
    b) ne parlaient pas français.
    c) prenaient leurs terres.

15. La colonisation rapide de l'Ouest a contribué à l'extermination du bison parce que/qu'
    a) les bisons ont quitté le Canada pour les Etats-Unis.
    b) le chemin de fer a écrasé tous les bisons.
    c) on a tué les bisons parce qu'on n'en avait plus besoin.

Le fouinard

Réponds aux questions personnelles suivantes.

1. Qui a exercé une influence considérable sur ton développement?
2. Quelles forces au Canada aujourd'hui font obstacle à l'unité du pays?
3. Quand te sens-tu à l'aise? Et mal à l'aise?
4. Si on veut faire du profit, quel métier doit-on embrasser?
5. Connais-tu quelqu'un qui a un fusil?
6. As-tu jamais tiré un fusil? Quand?
7. Quels animaux est-ce qu'on tue en masse aujourd'hui? Pourquoi?
8. Quels animaux sont en train de disparaître aujourd'hui?

Has anyone ever said to you « You have met your Waterloo », meaning you have met your match or your downfall? On June 18, 1815 at the Battle of Waterloo, Napoleon Bonaparte, the great French conqueror, was finally defeated by the English and the Prussians. Arthur Wellesley, first Duke of Wellington who led the British troops to victory and later became Prime Minister of Britain, had yet another accomplishment to his credit. He was never late for an appointment and carried six watches with him at all times to make sure of it!

A ton avis

A. Voici quelques sources de conflits entre enfants et parents. Qu'est-ce qui cause des conflits chez toi?

	les snacks			
	le ménage			
	le téléphone			
	la télé			
	l'argent			
	la musique			
	mes amis			
	la politique		toujours	
Chez moi	les drogues ou l'alcool	(n') est (pas)	souvent	une source de conflit.
	les vêtements	(ne) sont (pas)	rarement	
	l'heure de rentrer		jamais	
	l'heure de me coucher			
	l'heure de me lever			
	mes notes			
	la vaisselle			
	les repas			
	l'auto			
	la religion			
	mes activités			
	?			

B. La lecture nous a donné beaucoup d'exemples de conflit – conflit entre les Indiens et les Blancs, les Français et les Anglais, l'Est et l'Ouest, les chasseurs et les agriculteurs. Beaucoup de ces problèmes existent encore aujourd'hui. Voici quelques problèmes qui menacent le Canada aujourd'hui. Range les problèmes selon leur urgence pour toi: 1 = le plus urgent, 10 = le moins urgent.

1. la pollution
2. la crise d'énergie
3. la préservation de nos animaux et de leurs habitats naturels
4. la discrimination raciale
5. la violence et le crime
6. la préservation de l'unité du Canada
7. le gaspillage *(waste)* de nos ressources naturelles
8. l'inflation et l'économie
9. le chômage *(unemployment)*
10. les disputes entre les groupes linguistiques, religieux ou ethniques

A faire et à discuter

1. Quelles deux compagnies étaient en forte compétition pour les fourrures au Canada en 1780?
2. Quelles tribus d'Indiens habitaient les Prairies avant l'arrivée des Blancs?
3. Comment est-ce que les Indiens, les Métis, les Anglais et les Français ont profité de la traite?
4. Quelles étaient les conséquences, bonnes et mauvaises, de la construction du chemin de fer CP au Manitoba?

Un indien

POT-POURRI

A. Composition orale

La traite de fourrures

La Compagnie de la Baie d'Hudson

Pemmican en vente ici

B. A ton avis quelle situation évoque les ordres suivants? Qui parle? A qui? Sers-toi de ton imagination!

1. Donne-moi mon fusil, Jacques.
2. Permettons-lui de sortir avec Serge.
3. Promets-moi de revenir bientôt.
4. Ne lui dis pas les réponses à l'examen!
5. Ne leur vendez pas ces peaux de bison.
6. Offre-lui quelque chose à boire.
7. Montrez-moi vos devoirs d'hier soir.
8. Ne me dis pas de bêtises!
9. Montrez-nous le chemin qui mène au château.
10. Ne leur donne pas l'argent!

C. Mettez les verbes entre parenthèses à l'imparfait ou au passé composé selon le sens.

    C' _____ (être) dimanche. Il _____ (faire) chaud. Le chien _____ (dormir) au soleil. Nous _____ (jouer) aux cartes sous un arbre. Puis, Robert et Angèle _____ (décider) d'aller au lac pour se baigner. Le chien _____ (se réveiller) et _____ (commencer) à sauter autour de Robert et Angèle, car il _____ (vouloir) participer à l'aventure.

    A ce moment, on _____ (entendre) le bruit léger d'une auto qui _____ (monter) du chemin qui _____ (mener) à la ferme. C' _____ (être) nos cousins qui _____ (venir) nous visiter comme ils le _____ (faire) presque chaque week-end.

    Après l'arrivée de nos cousins, nous _____ (décider) de préparer un pique-nique pour tout le monde et d'accompagner Robert et Angèle au bord du lac. Nous _____ (s'amuser) énormément. Un dimanche ennuyeux _____ (devenir) très agréable.

D. Combinez les deux phrases avec **quand** et mettez les verbes à l'imparfait ou au passé composé selon le modèle.

1. Il **dort**. Je lui **téléphone**.
2. Il **monte** à l'échelle. Son voisin **vient** le voir.
3. Vous **mettez** les vêtements sales dans la machine à laver. Votre sœur **descend** au sous-sol.
4. Nous **allons** vers le nord. Notre ami nous **dit** de changer de direction.
5. Les gens **sont** effrayés. Les garçons **jouent** une sale blague.
6. Je m'**ennuie**. Mes amis m'**invitent** à une partie.
7. Elle **a** peur. Dracula **boit** son sang.
8. Pierre **attend** le train. Il **entend** une annonce.
9. Marie **achète** des timbres. Son ami la **rencontre**.
10. Nous **regardons** la télévision. Le téléphone **sonne**.

 ENRICHISSEMENT

A. Célébrons!

Amusez-vous bien au

Festival du Voyageur

- un grand défilé
- une glissade colossale
- feux d'artifice
- sculptures sur glace
- courses de chiens, de raquettes, de ski de fond
- activités sportives
- Bar-B-Que Bison et autres repas typiquement canadiens
- musique, chants et danses au son du violon
- expositions de l'histoire manitobaine

LE PASSÉ, LE PRÉSENT ET L'AVENIR DU MANITOBA FRANÇAIS

B. Lettres à la rédaction

Québec
le 20 décembre, 1869

Je lisais récemment que Louis Riel et les Métis de la Rivière Rouge ont formé un gouvernement provisoire et qu'ils refusent absolument de faire partie de la Confédération du Canada si leurs demandes ne sont pas satisfaites. Je suis complètement d'accord. Il faut protéger les droits des Métis à tout prix — le droit de parler français dans le gouvernement et dans les cours, de pratiquer leur religion, d'étudier dans les écoles françaises et catholiques, et de garder leurs terres pour toujours. Jusqu'à présent, Ottawa n'a rien fait pour garantir ces droits.

On sait très bien que beaucoup de Canadiens anglais méprisent les Métis. Ils attendent avec impatience le jour où ils vont pouvoir tout prendre et décider de l'avenir de l'Ouest sans consulter les gens qui y habitent! Prenez garde, Riel, et tenez fort comme a fait M. Georges Etienne Cartier au Québec. Suivez son exemple et l'exemple des autres Canadiens français en 1867 et assurez la préservation de vos droits et de vos traditions avant de faire partie de la Confédération canadienne.

Ottawa
le 15 mars, 1870

Je m'intéresse fortement aux événements de la Rivière Rouge et je trouve les actions de Louis Riel et des Métis insupportables. L'Ouest, c'est à nous! Le Canada a acheté les Territoires du Nord-Ouest de la Compagnie de la Baie d'Hudson. Mais, Riel et les Métis continuent à causer des problèmes et M. John A. Macdonald continue à les tolérer. Je ne comprends pas pourquoi.

Riel a forcé M. Dennis et les arpenteurs canadiens à abandonner leur travail. Ottawa n'a rien fait. Il a expulsé du territoire William McDougall, le lieutenant-gouverneur désigné. Ottawa n'a rien fait. Il a insulté la Reine Victoria en descendant le drapeau britannique de Fort Garry et en y emprisonnant près de 50 sujets loyaux de la Reine et du Canada. Encore une fois, Ottawa n'a rien fait. Maintenant, il a formé un gouvernement provisoire pour négocier les conditions d'entrée de la colonie dans la Confédération et il a eu l'audace de tuer un homme, Thomas Scott, parce qu'il a refusé de le respecter! Macdonald a peur de Riel et de son autorité dans la région de la Rivière Rouge. Il a peur de perdre la colonie aux Etats-Unis. Mais c'est Riel et les Métis qui doivent avoir peur. Leur monde a changé et ils ne savent pas quoi faire pour survivre. Le Canada leur offre la sécurité et ils la refusent. Prenez garde, Riel. Le Canada s'impatiente.

Lisez les lettres à la rédaction et répondez à ces questions.

1. Qui est-ce?
   a) la Reine d'Angleterre en 1867
   b) le premier ministre du Canada en 1867
   c) le Canadien qui en 1867 a insisté sur un Canada bilingue pour protéger les droits des francophones au Québec
   d) la compagnie qui a vendu les Territoires du Nord-Ouest au Canada
   e) le chef des arpenteurs canadiens, envoyé par Ottawa à la Rivière Rouge
   f) le lieutenant-gouverneur désigné, envoyé par Ottawa à la Rivière Rouge
   g) les gens de langue française et de sang indien-français qui habitaient la Rivière Rouge
   h) le chef des Métis qui a formé un gouvernement provisoire pour négocier avec le gouvernement les conditions d'entrée de la colonie dans la Confédération
   i) le jeune Ontarien condamné à mort parce qu'il a insulté Riel et a essayé d'organiser une révolte contre le gouvernement provisoire
2. Qu'est-ce que c'est?
   a) les droits que Louis Riel et les Métis de la Rivière Rouge voulaient garantir
   b) quelques événements à la Rivière Rouge en 1869 et en 1870 qui ont enragé les Canadiens dans l'Est
3. Faites des recherches sur la vie de Louis Riel. Quels étaient les résultats de ses disputes avec le Canada? Pourquoi est-il un personnage historique célèbre?
4. Quels problèmes qui menaçaient le Canada en 1870 nous menacent encore aujourd'hui? Changez les noms et les événements mentionnés dans ces lettres et écrivez d'autres lettres à la rédaction qui parlent des problèmes d'aujourd'hui.

VOCABULAIRE ACTIF

Noms (masculins)

le bison
le chemin de fer
l'esprit
l'est
le fusil
les gens
le mélange
le nord
l'ouest
l'outil
le sang
le sud

Noms (féminins)

la baie
la colline
la côte
l'échelle
la naissance
la peau
la traite
la croix

Verbes

dépendre (de)
s'ennuyer (de)
s'intéresser (à)
menacer (de)
mener
ralentir
suivre

Adjectifs

blessé, -e
effrayé, -e
mouillé, -e
sec, sèche

Prépositions

afin de
avant de
jusqu'à

Expressions

à l'aise, mal à l'aise

UNITÉ 2

⊚ BUTS

Do it yourself!

- Ask questions effectively
- Discuss future events and possibilities
- Describe people and things
- Become familiar with the world of the theater

A toi de le faire!

- Poser des questions de façon efficace
- Discuter des événements futurs et des possibilités
- Décrire les gens et les choses
- Se familiariser avec le monde du théâtre

1. Le lit de M. Calais est trop **court** et **dur.**

Il ne dort jamais bien la nuit et est toujours **de mauvaise humeur** le matin quand il se lève.

2. On **tourne un film** dans la cafétéria aujourd'hui.

On veut filmer les étudiants dans un **milieu** où ils se sentent à l'aise.

3. Après une **longue** journée de travail, les acteurs prennent une **pause.**

Ils **se reposent** sur le **plateau,** mais la **vedette** continue à répéter son rôle.

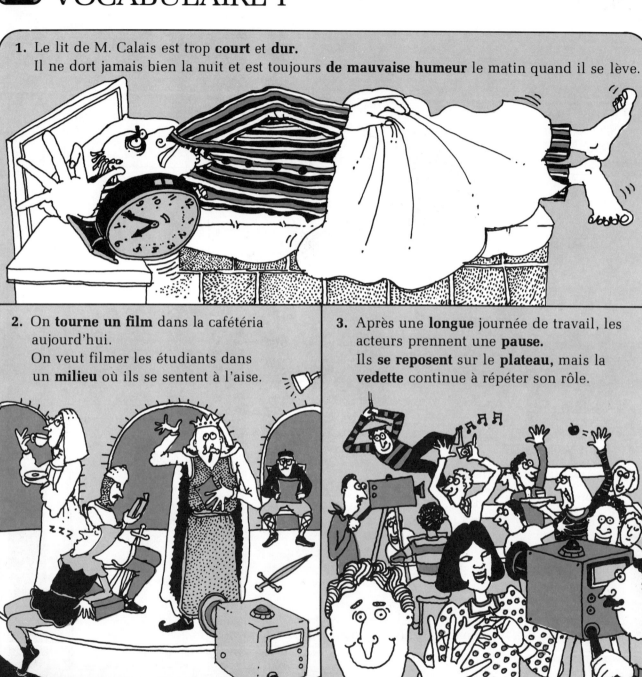

Exercices

A. Répondez aux questions suivantes.

1. Est-ce que le lit de M. Calais est assez long pour lui?
   Est-ce qu'il trouve son lit confortable?
   Dort-il bien la nuit?
   Est-il de bonne humeur quand il se lève le matin?
2. Qu'est-ce qu'on fait dans la cafétéria aujourd'hui?
   Qui sont les acteurs dans ce film?
   D'habitude, est-ce qu'un élève se sent plus à l'aise dans la cafétéria ou dans une salle de classe?
   Pourquoi a-t-on décidé de tourner le film ici?
3. Est-ce que les acteurs travaillent encore?
   Pourquoi sont-ils fatigués?
   Où est-ce qu'ils se reposent?
   Qui ne prend pas de pause?
   Qu'est-ce qu'il fait?

B. Dites la même chose d'une autre façon.

1. Pour l'instant, il ne travaille plus. Il prend une _____ .
2. Madeleine se relaxe. Elle _____ .
3. Cette robe est trop courte. Elle n'est pas assez _____ .
4. L'équipe technique de Walt Disney est arrivée aujourd'hui dans notre ville avec leurs caméras. On _____ _____ _____ chez nous.
5. L'homme que tu cherches est au studio sur la plate-forme où on tourne le film. Il t'attend sur le _____ .
6. Cet acteur est très bien connu. C'est une _____ .
7. Grégoire déteste son école, ses amis, sa famille et la banlieue où il habite. En effet, il n'aime pas son _____ .

C. Donnez le contraire de:

1. long
2. doux
3. de bonne humeur, content

D. Préfères-tu:

1. parler à tes amis ou rester seul(e) quand tu es de mauvaise humeur?
2. lire un livre ou faire du sport pour te reposer?
3. prendre une pause d'une demi-heure ou deux pauses de 15 minutes?
4. prendre deux longues vacances ou trois courtes vacances chaque année?
5. tourner un film ou jouer dans un film?
6. être une vedette ou un inconnu?
7. étudier assis sur une chaise dure ou assis sur ton lit?
8. un milieu animé ou un milieu tranquille?

Lumières! Moteur! Action!

41

☎ VOCABULAIRE II

cas *n.m.* événement, situation, circonstance

En cas d'incendie, descendez l'escalier et quittez immédiatement le bâtiment.

lendemain *n.m.* le jour suivant

Philippe était malade lundi et aussi le **lendemain**.

doué,-e *adj.* qui a du talent, des aptitudes pour quelque chose

Albert Einstein était très **doué** pour les maths, mais il n'a jamais réussi à l'école.

épuisé,-e *adj.* très fatigué

Je ne peux rien faire ce soir. Je suis complètement **épuisé**. Laisse-moi dormir.

exigeant,-e *adj.* dur, difficile, qui demande beaucoup d'effort

La vie d'un danseur est très **exigeante**. Il faut répéter tous les jours et toujours être en forme.

sourd,-e *adj.* incapable d'entendre

Beethoven était **sourd** à l'âge de 32 ans, mais il a continué quand même à composer de la musique.

sympathique *adj.* gentil, aimable, agréable

M. Lebrun nous a permis de préparer nos examens en classe. C'est un professeur **sympathique**.

se taire *v.* ne pas parler, garder le silence

Taisez-vous! Le film commence et je ne peux rien entendre.

ainsi *adv.* de cette façon, comme ça

Ne me parlez pas **ainsi**! C'est très impoli!

alors *adv.* dans ce cas, en conséquence

Vous n'avez plus besoin de moi? **Alors**, je vous quitte.

Exercices

A. Employez les mots donnés dans les phrases suivantes.

1. **encore/le lendemain/demain/lundi**

   _____ , il a plu.

   _____ , il a plu aussi.

   Il pleut _____ aujourd'hui.

   Il va pleuvoir _____ aussi.

2. **puis/enfin/d'abord/ainsi**

   _____ , elle a lu le journal.

   _____ , elle s'est reposée dans la baignoire.

   Elle a passé deux heures _____ .

   _____ , elle est sortie de la baignoire et elle s'est habillée.

3. **dans ce cas/alors/en général**

   _____ , les mots qui se terminent en **e** sont féminins.

   Mais _____ , le mot **dictionnaire** est masculin.

   _____ , vérifie toujours tes réponses dans le dictionnaire.

4. **à mon avis/par exemple/par conséquent**

   _____ , Georges n'est pas sympathique.

   _____ , hier il s'est moqué de mon amie Danielle.

   _____ , je n'ai pas envie de sortir avec lui.

5. **maintenant/auparavant/bientôt**

   _____ , Michel habitait en Australie.

   _____ , il habite en Angleterre.

   _____ , il va déménager en France.

B. A qui ou à quoi penses-tu?

1. A mon avis, M./Mme/Mlle _____ est un professeur exigeant.

2. _____ est une personne sympathique.

3. _____ ne sait jamais quand se taire.

4. _____ fait toujours le sourd quand on essaie de lui parler.

5. Je suis toujours jalouse des personnes douées pour _____ .

6. Après _____ , je suis complètement épuisé.

Un Canadien célèbre – Adam Dollard

   Le 24 mai is known as Victoria Day to some and **la Fête de Dollard** to others. On this day, the people of Quebec proudly remember Adam Dollard, an officer at Ville-Marie (Montréal) in 1660. When Dollard heard that a force of 800 Iroquois was planning to attack Ville-Marie, he and 16 young companions left to meet them in battle near **les rapides du Long-Sault**. They were aided for a while by some Hurons and Algonquins but many left in the course of the battle. Though tired, hungry and thirsty, they held strong for nine days. In a last desperate bid for survival, Dollard made a bomb that he attempted to throw into the midst of the attacking Indians. The bomb unfortunately missed its mark and killed many of the French defenders. The rest were slaughtered. Their courage and sacrifice, however, convinced the Iroquois to abandon their plan to attack the French settlement at Ville-Marie.

1. M. Dior **éteint** les **lumières** pour montrer un film à ses élèves.
Bientôt il **allume** les **lumières.**
Ses étudiants ne regardent pas l'**écran** et ne **méritent** pas de voir le film.

2. Jackson veut faire **carrière** en médecine, mais il ne peut pas **supporter** la vue du sang.

3. M. Lacombe est **plombier.**
Il a 65 ans et prend sa **retraite.**
Les fils Lacombe font le même **métier** que leur père.

R. LACOMBE et fils!

44

Exercices

A. Répondez aux questions suivantes.

1. Pourquoi est-ce que M. Dior éteint les lumières?
   Pourquoi est-ce qu'il allume les lumières?
   Est-ce que M. Dior a tort de ne plus montrer le film à sa classe?
2. Quelle carrière est-ce que ce jeune homme a choisi?
   Pourquoi ne va-t-il pas réussir à devenir médecin?
3. Quel est le métier de M. Lacombe?
   Quel âge a-t-il?
   Travaille-t-il encore?
   Qui a le même métier que M. Lacombe?

B. Remplacez les tirets par les mots du nouveau vocabulaire.

1. Le pompier _____ le feu.
2. Sherlock Holmes sort sa pipe de sa poche, mais il ne l'_____ pas tout de suite.
3. Il n'y a pas de _____ dans cette salle. Je ne peux rien voir.
4. Sans lunettes, il ne peut pas bien voir l'_____ au cinéma.
5. L'autre équipe joue bien. Ils _____ de gagner ce match.
6. Je ne peux pas décider entre une _____ en musique ou en médecine.
7. Tu ne fumes pas? C'est bien. Je ne peux pas _____ la fumée.
8. Cet enfant est méchant; il a mis son pantalon dans la toilette.
   Il faut appeler un _____ .
9. Après 35 années avec la compagnie, le directeur prend sa _____ .
10. Le _____ de mécanicien d'autos est très exigeant. Il faut bien comprendre l'éléctricité et la mécanique et savoir bien travailler avec les mains.

C. Réponds à ces questions personnelles.

1. Qui est ta vedette préférée?
2. A ton avis, quel métier ou quelle profession est exigeant(e)?
3. Dans quels métiers gagne-t-on beaucoup d'argent?
4. Est-ce qu'une carrière en médecine t'intéresse? Pourquoi?
5. Est-ce que ton père attend sa retraite avec enthousiasme ou avec horreur?
6. Es-tu d'accord avec la retraite obligatoire à 65 ans? Pourquoi?
7. Quelle classe trouves-tu longue? courte?
8. Que fais-tu pour te reposer?
9. Quand prends-tu souvent des pauses?
10. Qu'est-ce que tu ne peux pas supporter?
11. Est-ce que tu mérites les notes et les commentaires sur ton bulletin? Pourquoi?
12. Peux-tu continuer à dormir quand on allume les lumières? Que fais-tu alors?
13. Quand es-tu de mauvaise humeur?
14. Quand te sens-tu complètement épuisé(e)?
15. Est-ce que c'est une bonne idée d'éteindre les lumières à une partie? Pourquoi?

 STRUCTURES

Les pronoms interrogatifs

M. Séguin: **Qui** est au téléphone? Je veux téléphoner à mon bureau.

Mme Séguin: Mais c'est Richard.

M. Séguin: Et **qu'est-ce qu'**il fait depuis si longtemps? **A qui** parle-t-il donc?

Mme Séguin: Il parle à une de ses amies, sans doute.

M. Séguin: **Qu'est-ce qui** est si important? Tout ce temps pour discuter quoi?

Mme Séguin: Il a dit quelque chose au sujet d'une partie qu'il veut donner pour ses amis.

M. Séguin: (fâché) Une partie ici? **A quoi** pense-t-il donc? **Qui** veut-il inviter? C'est impossible! Je ne le permets pas!

Mme Séguin: Calme-toi donc, Raymond! Je ne sais pas **de quoi** il parle.

M. Séguin: Je ne peux plus attendre! (Il crie.) Richard! **Que** fais-tu?
Dis au revoir à ton amie. Je veux téléphoner.

Richard: Oui, papa, un moment papa.

Mme Séguin: Ah! Raymond, as-tu oublié? Quand nous étions jeunes, nous parlions aussi pendant des heures au téléphone.

M. Séguin: Ce n'est pas la même chose. RICHARD!!!

Observation grammaticale

Les sujets

Qui parle au téléphone?
Qu'est-ce qui est sur la table?

Les objets

Qui veux-tu inviter à la partie?
Qui est-ce que tu veux inviter à la partie?
Que fais-tu?
Qu'est-ce que tu fais?

Après une préposition

A qui as-tu parlé? **De qui est-ce que** tu as parlé?
Avec quoi as-tu écrit la lettre?

Quel pronom interrogatif employons-nous si le sujet dans la phrase est une personne?
Et si le sujet dans la phrase est une chose?

Quels pronoms interrogatifs employons-nous dans la phrase si le complément d'objet est une personne?
Et si le complément d'objet est une chose?

Quand emploie-t-on **que**? et **qu'est-ce que**? dans une phrase?

Quel pronom interrogatif emploie-t-on après une préposition si on parle d'une personne?

Et si on parle d'une chose?

	Personne	Chose
Sujet	**Qui?**	**Qu'est-ce qui?**
Objet	**Qui?**	**Que?**
	Qui est-ce que?	**Qu'est-ce que?**
Après une préposition	A **Qui**?	Avec **quoi**?

Remarquez que les pronoms interrogatifs **qui** (sujet) et **qu'est-ce qui** sont toujours suivis d'un verbe au singulier.

Les Martin partent demain. **Qui part** demain?
Mes livres sont sous le pupitre. **Qu'est-ce qui est** sous le pupitre?

Exercices

A. Remplacez les mots en caractères gras par **qui** ou par **qu'est-ce qui** selon le cas et faites une question.

Exemples
Jacques parle au téléphone.
Qui parle au téléphone?

L'assiette est sous la table.
Qu'est-ce qui est sous la table?

1. **Marcel** est tombé de l'échelle.
2. **La machine à laver** ne marche pas.
3. **Cet élève** s'intéresse aux bisons.
4. **Mon projet** est à la maison.
5. **François** a entendu un coup de fusil.
6. **Ce disque** coûte trop cher.
7. **Ma sœur** se sentait toujours mal à l'aise dans une foule.
8. **Cette route** mène au village.
9. **Les élèves** sont à la cafétéria.
10. **Les outils** étaient dans la boîte.

B. Complétez ces questions par **Que/Qu'** ou **Qu'est-ce que/ Qu'est-ce qu'** selon le cas.

Exemples
_____ fais-tu?
Que fais-tu?

_____ il mange?
Qu'est-ce qu'il mange?

1. _____ les élèves étudient?
2. _____ elle dit?
3. _____ chantons-nous?
4. _____ vous préférez, le français ou l'espagnol?
5. _____ a-t-il donné à sa mère?
6. _____ les enfants ont-ils répondu?
7. _____ voyez-vous?
8. _____ tu vas porter ce soir?

C. Remplacez les mots en caractères gras par **qui, qui est-ce que, que** ou **qu'est-ce que** selon le cas et faites une question.

Exemples
Angèle invite **ses amis** au restaurant.
Qui Angèle invite-t-elle au restaurant?
Qui est-ce qu'Angèle invite au restaurant?

Il a perdu **ses lunettes.**
Qu'a-t-il perdu?
Qu'est-ce qu'il a perdu?

Les élèves ont fini **leurs devoirs**?
Qu'est-ce que les élèves ont fini?

1. Elle a acheté **un nouveau disque**.
2. Le professeur a aidé **les élèves**.
3. Le chien a caché **l'os**.
4. Nous avons vu **Mme Paquette**.
5. Marlène va visiter **ses grands-parents**.
6. L'enfant a mangé **les aspirines**.
7. Il a vendu **ses fourrures**.
8. Eric a mis **sa nouvelle chemise**.
9. J'ai attendu **Rachelle** dans la cour.
10. Marie a embrassé **son fiancé** tendrement.

D. Remplacez les mots en caractères gras par **qui** ou **quoi** selon le cas et faites une question.

Exemples
Nous jouons aux cartes avec **nos amis**.
Avec **qui** jouez-vous aux cartes?

Andrée écrit la carte avec **un stylo rouge**.
Avec **quoi** est-ce qu'Andrée écrit la carte?

1. Elle parle constamment de **Roger**.
2. Le chien aime jouer avec **la balle**.
3. Michel a fait le travail pour **Rose-Marie**.
4. Elle téléphone à **sa mère** chaque soir.
5. Nous avons besoin d'**argent**.
6. Le bébé mange avec **la cuiller**.
7. Elle prépare le rapport pour **le professeur**.
8. Colleen parle beaucoup de **ses problèmes**.

9. Bob s'intéressait beaucoup à **des serpents**.
10. Le chien obéit uniquement à **son maître**.

6. **Son auto** avait besoin de réparations.
7. Il a gagné **le prix**.
8. Elle veut aider **ces élèves**.

E. Remplacez les mots en caractères gras par un pronom interrogatif et faites une question.

Exemple
Marcel cherche **ses amis**.
Qui est-ce que Marcel cherche?
Qui Marcel cherche-t-il?

1. Marie écrit l'exercice avec **un crayon**.
2. Ces gens ont perdu **leurs billets**.
3. **Jean** est arrivé en retard.
4. Madeleine a vu **le directeur**.
5. Elle parle souvent de **ses parents**.

F. Tu es reporter pour le journal de l'école. Tu peux écrire un article sur un des sujets suivants. Choisis un sujet et prépare des questions que tu vas poser avant d'écrire ton rapport.

1. un match sportif
2. une compétition scientifique
3. une compétition de mathématiques
4. une fête ou une partie à l'école
5. un échange d'élèves
6. une visite des élèves de ton école à Québec

Un entraîneur de lions

Le futur

Pour gagner de l'argent, les élèves de l'école organisent un dîner.

Mireille: D'abord, il faut discuter du projet avec le directeur.

Daniel: Je lui en **parlerai** demain.

Mireille: Merci, Daniel. Et les décorations?

Daniel: Lise les **choisira**. Elle est très artistique.

Mireille: D'accord. Musique? Qui peut jouer?

Georges: Les Mystiques sont sensas et le chanteur est un de mes meilleurs amis. Ils **joueront**, j'en suis sûr.

Mireille: Parfait. Qu'est-ce que nous **mangerons**?

Anne: De la pizza!

Mireille: Tu les **commanderas**?

Anne: Si tu veux. **Vendrons-**nous des billets?

Georges: Bien sûr et il faut commencer à les vendre immédiatement!

Mireille: C'est bien. Tout est organisé. Vous n'**oublierez** pas ce que vous faites, mes amis?

50 *Ensemble:* Non! A demain!

Observation grammaticale

Tu ne peux pas finir tes devoirs maintenant? Non, mais je les **finirai** demain.
Tu ne veux pas manger tes légumes? Eh bien, tu les **mangeras** demain soir.
Marc n'a pas pu m'attendre aujourd'hui, mais il m'**attendra** demain.
Nous ne voulons pas parler au professeur maintenant, mais nous lui **parlerons** demain.
Vous n'avez pas pu vendre les billets aujourd'hui? Vous en **vendrez** beaucoup demain9
Ils n'ont pas pu applaudir pendant la scène, mais ils **applaudiront** à la fin.

Quelles sont les terminaisons des verbes au futur?

Est-ce que ces terminaisons ressemblent au présent d'un autre verbe que vous connaissez? Quelles terminaisons font une exception à cette règle?

A quoi est-ce qu'on ajoute ces terminaisons?

Quelle lettre paraît toujours devant la terminaison d'un verbe au futur?

Que fait-on si l'infinitif se termine en **-e** (comme dans **attendre, prendre, vendre**)?

Exercices

A. Prononcez bien!

1. Il ne veut pas parler de cette histoire maintenant, mais il en parl**e**ra demain.
2. Tu veux te reposer maintenant? Non, merci. Je me repos**e**rai plus tard.
3. Nous n'avons rien mangé parce que nous mang**e**rons beaucoup ce soir.
4. Vous n'avez pas aidé les élèves hier? Donc, vous les aid**e**rez cet après-midi.
5. Les joueurs veulent jouer bien et ils jou**e**ront bien contre cette équipe.
6. As-tu chanté à la dernière partie? Alors, tu chant**e**ras encore à cette partie.

B. Mettez les phrases suivantes au futur.

Exemple
Alain **va partir** bientôt.
Alain **partira** bientôt.

1. Tu **vas finir** l'exercice.
2. Nous **allons aimer** ce milieu.
3. Elle **va allumer** une bougie chaque soir.
4. Les élèves **vont regarder** l'écran pendant une demi-heure.
5. Albert **va prendre** une pause bientôt.
6. Je **vais suivre** une carrière en médecine.
7. Quand **vas**-tu **prendre** ta retraite?
8. Vous **allez tourner** un film à notre école?
9. Quand **vont**-ils **choisir** leurs cours pour l'année prochaine?
10. Je **vais apprendre** l'italien.

51

C. La famille Martin a un nouveau bébé. Mme Martin pense à des événements dans le développement de son fils. Reliez les âges de la colonne A avec un événement convenable de la colonne B et faites une phrase au futur.

Exemple
A l'âge d'un mois
A l'âge d'un mois, il **dormira** la plupart du temps.

A.	B.
1. A l'âge d'un an	a) jouer au foot-ball à l'école secondaire
2. A l'âge de deux ans	b) s'habiller seul
3. A l'âge de trois ans	c) apprendre à conduire l'auto
4. A l'âge de cinq ans	d) finir ses études à l'université
5. A l'âge de onze ans	e) partir pour l'école secondaire
6. A l'âge de treize ans	f) prendre ses premiers pas
7. A l'âge de quinze ans	g) sortir en auto avec une petite amie
8. A l'âge de seize ans	h) jouer au hockey «peewee»
9. A l'âge de dix-sept ans	i) parler
10. A l'âge de vingt-deux ans	j) partir pour l'école élémentaire
	k) dormir la plupart du temps

D. Remplacez les tirets par un verbe de la liste suivante. Mettez le verbe au futur.

boire/croire/dormir/espérer/éteindre/jouer/recommencer/répéter/réussir/suivre/supporter

Exemple
Avant de dormir, Anita _____ la lumière.
*Avant de dormir, Anita **éteindra** la lumière.*

1. Afin de se souvenir de la phrase, il la _____ trois fois.
2. Je suis patient, mais je ne _____ pas tant de bruit.
3. Après une pause, ils _____ à tourner le film.
4. Est-ce que tu _____ toute cette bouteille de coca?
5. Qui _____ sur ce lit dur?
6. Maman ne _____ jamais ton histoire fantastique.
7. Il pleut aujourd'hui, mais nous _____ un jour plus favorable demain.
8. C'est un cours exigeant, mais avec un peu d'effort vous y _____ .
9. Pourquoi ne _____ -tu pas ce chemin?
10. Cet enfant doué _____ du violon au concert.

PROVERBE

Rira bien qui rira le dernier.

 En garde!

D'habitude je me lève à sept heures, mais demain je me **lèverai** à midi.

Est-ce que tu **achèteras** un nouveau complet pour le bal?

Si Roger continue à manger comme ça, il **pèsera** bientôt cent kilos.

Pendant nos vacances nous nous **promènerons** chaque jour au bord de la rivière.

Quand vous **lèverez**-vous demain, monsieur?

Ces mots **mèneront** peut-être à une vraie dispute.

Je n'ai pas le temps maintenant, mais je **jetterai** un coup d'oeil sur le travail demain.

Si vous ne cessez pas de faire ce bruit, nous **appellerons** la police.

Quel est l'infinitif de chaque verbe au futur dans ces phrases?

Qu'est-ce qu'il faut ajouter aux verbes comme **lever** au temps futur?

Comment forme-t-on le futur des verbes comme **appeler** ou **jeter**?

E. Répondez à ces phrases avec une réponse au futur. Suivez l'exemple.

Exemple
As-tu appelé ta cousine?
*Pas encore. Je l'**appellerai** dans quelques minutes.*

1. Est-ce que tu t'es levé?
2. A-t-il jeté les vieilles revues?

3. Avez-vous pesé ces paquets?
4. Ont-ils acheté la voiture?
5. S'est-il promené avec Suzette?
6. Vous nous avez appelés?
7. A-t-il enlevé son chapeau?
8. Est-ce que leur équipe a mené le match?

F. Mettez ces phrases au futur.

Exemple
Ses parents ne lui **permettent** pas de fumer.
Ses parents ne lui **permettront** pas de fumer.

1. Nous ne nous **rappelons** jamais son nom.
2. Le professeur nous **explique** l'exercice.
3. La vedette se **promène** sur le plateau.
4. **Prends**-tu une courte pause?
5. Ils **répètent** la phrase deux fois.
6. Qui **allume** les bougies?
7. Vous m'**achetez** des fleurs?
8. Comment **supporte**-t-elle ses actions impolies?
9. Après les exercices, je **mérite** une pause.
10. Nous **prenons** les repas dans notre chambre.

G. Réponds à ces questions personnelles.

1. A quelle heure du matin est-ce que tu te lèveras pendant les vacances?
   A quelle heure te coucheras-tu?
2. A quel âge quitteras-tu l'école
3. A quel âge commenceras-tu à travailler pour gagner ta vie?
4. Quel métier ou profession suivras-tu?
5. Habiteras-tu en ville ou à la campagne?
6. Où voyageras-tu?
7. Quand t'achèteras-tu ta première auto?
8. A quel âge est-ce que tu te marieras?

 En garde!

Le futur des verbes **être, avoir** et **faire**
Qui va **être** en retard?

Je ne **serai** pas en retard.
Tu **seras** sans doute à l'heure.
Robert **sera** probablement en retard.
Nous ne **serons** pas en retard.
Vous **serez** en retard?
Les Leblanc **seront** à l'heure.
Allons-nous **avoir** assez d'argent?

Je n'en **aurai** pas assez.
Tu en **auras** un peu au moins.
Pauline **aura** certainement de l'argent.
Nous en **aurons** un peu.
Vous n'**aurez** pas beaucoup d'argent.
Anne et Claude en **auront** assez sans doute.

Qui va **faire** la vaisselle?

Je ne la **ferai** pas.
Tu ne la **feras** jamais!
Lucien ne la **fera** pas aujourd'hui.
Nous ne la **ferons** pas non plus.
Vous la **ferez** rarement.
Jacques et Marie la **feront** ce soir!

Comment met-on les verbes **avoir, être** et **faire** au futur?

A quoi ajoute-t-on les terminaisons dans chaque cas?

H. Complétez les phrases suivantes par le verbe qui convient.

Exemple
Si Lise continue à manger des bonbons, elle
_____ mal aux dents. (aura/ fera/ sera)
Si Lise continue à manger des bonbons, elle **aura**
mal aux dents.

1. Il _____ soleil demain. (aura/ fera/ sera)
2. Tu _____ fatigué si tu étudies toute la
   nuit. (auras/ feras/ seras)
3. Nous _____ des réparations à l'auto jeudi
   prochain. (aurons/ ferons/ serons)
4. C'est l'anniversaire de Marie la semaine
   prochaine. Elle _____ treize ans. (aura/
   fera/ sera)
5. S'ils ne se dépêchent pas, ils _____ en
   retard. (auront/ feront/ seront)
6. S'il est possible, je _____ carrière dans le
   théâtre. (aurai/ ferai/ serai)
7. Vous _____ des problèmes si vous con-
   tinuez ainsi. (aurez/ ferez/ serez)
8. Madeleine _____ bien contente dans ce
   milieu sympathique. (aura/ fera/ sera)

I. Mettez les verbes en caractères gras au futur.

Exemple
Charles **est** plombier.
Charles **sera** plombier.

1. Il y **a** une courte pause après la première
   scène.
2. Les élèves **sont** épuisés après la classe de
   gymnastique.
3. Je **fais** mes devoirs après le dîner.
4. Thérèse **est** heureuse de voir sa cousine.
5. J'espère que tu n'**es** pas de mauvaise humeur.
6. Nous **avons** l'occasion pendant le voyage de
   visiter quelques villas de vedettes.
7. Ne parle pas à Jean. Il **fait** l'imbécile comme
   toujours.
8. **Avez**-vous assez de temps pour tourner le
   film?

9. Je sais qu'ils ne **sont** pas sympathiques à des
   personnes sourdes.
10. **Faites**-vous des résolutions de nouvel an?

Un éléphant doué

55

J. Quelles seront les conséquences des conditions suivantes? Trouvez une conséquence dans la colonne B pour chaque condition dans la colonne A et faites une phrase complète en suivant l'exemple.

Exemple
Si je ne comprends pas les questions,
Si je ne comprends pas les questions, **je demanderai** de l'aide au professeur.

A.	B.
1. Si tu veux aller au cinéma	a) avoir peur
2. Si j'étudie beaucoup	b) ne pas dormir
3. Si je rencontre une vedette	c) appeler le plombier
4. Si tu me racontes ton secret	d) l'acheter
5. Si je vois un beau costume	e) vous raconter une belle blague
6. Si vous promettez de vous taire	f) t'accompagner
7. Si je me repose maintenant	g) ne pas le répéter
8. Si mon lit est trop dur	h) réussir à l'école
9. Si tu éteins les lumières	i) lui demander son autographe
10. S'il n'y a pas d'eau chez moi	j) ne pas être épuisé plus tard
	k) demander de l'aide au professeur

K. Fais des résolutions de nouvel an! Voici quelques suggestions. Essaie d'en imaginer d'autres.

Exemple
Je ferai mes devoirs immédiatement après le souper.

a) faire mes devoirs (quand?)
b) être sympathique envers les autres
c) être moins exigeant(e) avec mon petit frère/ ma petite sœur
d) soigner mon chien/ chat
e) aider à la maison/ à l'école
f) perdre du poids/ suivre un régime
g) manger moins/ plus
h) manger seulement de bons aliments
i) acheter plus/ moins de . . .
j) jeter mes cigarettes/ refuser de fumer

k) être toujours de bonne humeur/ avoir un sourire pour tout le monde
l) faire la connaissance de nouveaux amis
m) faire mes exercices chaque jour/ jouer plus/ moins au . . . (de . . .)
n) me lever de bonne heure/ me coucher avant . . .
o) être plus généreux (généreuse)
p) sortir plus/ moins avec . . .

📖 CHER JOURNAL

On dit que l'écriture révèle souvent la personnalité. Un graphologue a analysé mon écriture ce matin et l'écriture de mon amie Charlène. J'ai trouvé ses analyses bien **intéressantes**.

Mon écriture est **petite** – ce qui indique que je suis **intelligent** et **méticuleux.** J'observe beaucoup mais je parle peu – probablement à cause du fait que j'ai de la difficulté à montrer mes sentiments (C'est vrai!). Il a dit ça parce que mon écriture est aussi **droite, indicative** d'une personne qui est **sage** et **prudente**, mais **réservée** et **indépendante** avant tout. Mes lettres **angulaires** indiquent que je suis **ambitieux** et **agressif** (Moi?), mais elles sont aussi **épaisses.** Je ne manque jamais d'énergie et je ne suis pas toujours **gentil**. Souvent je suis **égoïste, entêté** et même un peu **avare** (Quelle audace!).

Charlène, par contre, a une écriture **grande** qui indique qu'elle est **enthousiaste, honnête** et **chaleureuse**. Elle a besoin d'être **vue** et **admirée**. Son écriture est aussi **penchée** à droite, signe d'une personne qui est **sensible, émotive, généreuse, affectueuse** et **impulsive** (Charlene, je t'adore!). Elle écoute son coeur plus que sa tête et est souvent **impressionnable**. Ses lettres **arrondies** indiquent qu'elle est **douce** et **gentille**, même un peu **naïve**. Elle a de la difficulté à prendre des décisions et apparaît souvent **molle** et **paresseuse** (D'accord!).

Le graphologue nous a demandé «Pourquoi sortez-vous ensemble?» Franchement, je ne sais pas. Est-ce que c'est parce que les personnalités **contraires** s'attirent?

A l'aide du dictionnaire

La plupart des mots dans ce texte sont des adjectifs. Un adjectif s'accorde toujours avec le nom qu'il décrit. Il faut toujours chercher la **forme masculine et singulière** d'un adjectif dans le dictionnaire. Mais comment reconnaître la forme masculine ou féminine d'un adjectif? Ils sont tous différents! Répondez aux questions suivantes et vous comprendrez facilement comment le faire.

A. Ouvrez les yeux!

1. Trouvez dans le texte les adjectifs qui se forment de la meme façon que:
   a) paresseux *m.* paresseuse *f.*
   b) naïf *m.* naïve *f.*

2. Trouvez dans le texte la forme féminine des adjectifs suivants:

   Exemple
   intelligent m.
   intelligente f.

   petit/droit/réservé/indépendant/grand/penché/arrondi/prudent

   Comment est-ce que ce groupe d'adjectifs forme leur féminin?

3. La forme masculine et la forme féminine des adjectifs suivants sont identiques. Il ne faut rien changer! Trouvez ces adjectifs dans le

57

texte. Sont-ils masculins ou féminins? Sin-
guliers ou pluriels?

sage/angulaire/égoïste/avare/enthousiaste/
honnête/sensible/impressionnable

4. Quels deux adjectifs dans le texte se forment
comme **naturel** m. **naturelle** f.?
5. Quelle est la forme féminine de **mou** et de
doux?
6. Quelle est la forme féminine de **singulier**?

B. Ouvrez le dictionnaire!
1. Beaucoup des adjectifs employés dans le texte
ressemblent à l'anglais. Lesquels?
2. De temps en temps, on rencontre un adjectif
qui ressemble à l'anglais, mais qui a un sens
complètement différent. Cherchez les mots
sensible et **gentil** dans le dictionnaire.
Qu'est-ce qu'ils veulent dire? Quels adjectifs
employés dans le texte veulent dire *sensible* et
gentle en anglais?
3. Quel adjectif dans le texte a deux sens – *right*
et *straight, upright*?
4. On peut souvent employer le participe passé
d'un verbe comme adjectif.

Exemple
C'est une vedette bien **connue** et **admirée**.

Trouvez dans le texte l'adjectif qui vient du
verbe:

a) pencher   c) arrondir
b) s'entêter   d) voir

Qu'est-ce que ces adjectifs veulent dire?
5. Cherchez les mots en caractères gras dans le
dictionnaire et répondez aux questions.
a) Qui t'aidera le mieux à prendre une décision difficile – une personne **sage** ou une
personne **émotive**?

b) Qui passera des heures à faire et à refaire ses
devoirs pour en éliminer toutes fautes –
une personne **molle** ou une personne
méticuleuse?
c) Chez qui te sentiras-tu plus à l'aise – chez
une personne **affectueuse** ou une personne
réservée?
d) Qui sera la première à mettre fin à une dispute – une personne **entêtée** ou une personne **chaleureuse**?
e) Si tu as besoin d'argent, à qui parleras-tu –
à une personne **généreuse** ou une personne
avare?
f) Te sentiras-tu plus mal à l'aise dans un
brouillard **épais** ou dans un ascenseur qui
ne fonctionne pas?

Tête-à-tête

1. Crois-tu que l'écriture révèle la personnalité?
2. Quoi d'autre révèle souvent la personnalité?
3. Est-ce que ton écriture est grande ou petite?
Droite ou penchée? Angulaire ou arrondie?
4. Dans quelles situations est-ce que l'analyse de
l'écriture peut rendre de grands services?

L'anniversaire de «Hobo»

59

 STRUCTURE

Le superlatif des adjectifs et des adverbes

Trois aventuriers contre le mal!

1. Ronald est **le plus fort** et **le plus grand** des trois et il se bat **le mieux** contre l'ennemi, mais il est **le moins intelligent** des trois.

2. Raoul est **le plus rusé** des trois et il est **le meilleur** à mystifier les adversaires, mais il se défend **le moins bien**.

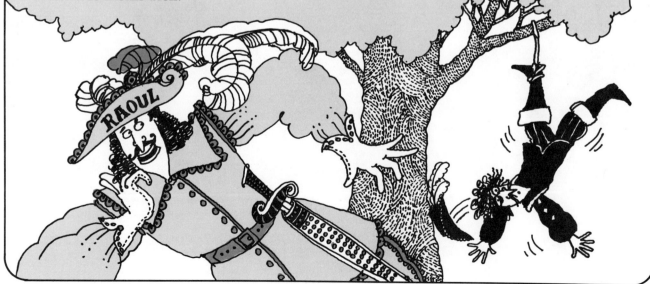

3. Robert est **le plus intelligent** des trois, mais il est **le plus petit**; Il se bat mieux que Raoul mais moins bien que Ronald.

 Observation grammaticale

1. Ferland est très grand. Oui, c'est **le plus grand** garçon de la classe.
2. Je n'aime pas cette histoire. C'est l'histoire **la moins intéressante** du livre.
3. Ces questions sont difficiles. Oui, ce sont les questions **les plus difficiles** de l'exercice.
4. C'est une bonne note! Bien sûr! C'est **la meilleure** note de la classe.

5. Monique parle **le moins fort** de tous les élèves.
6. Raoul se bat bien; Robert se bat mieux que lui, mais Ronald se bat **le mieux** des trois.

Dans les phrases 1 à 4, qu'est-ce qu'on trouve devant **plus, moins** ou **meilleur(e)**? Avec quoi s'accorde l'article défini?

Pourquoi est-ce que **le plus grand** est placé devant **garçon** et **la moins intéressante** après **l'histoire**?

Quelle est la différence entre le comparatif et le superlatif des adjectifs et des adverbes?

Comment dit-on **la meilleure note** "in the class"?

Exercices

A. Lisez les nombres suivants. Quel nombre est le plus grand? Quel nombre est le plus petit?

Exemple
3   13   33
Trente-trois est le plus grand des trois.
Trois est le plus petit.

1. 74   63   45
2. 12   19   14
3. 91   94   97
4. 93   102   89
5. 55   37   23
6. 21   16   27
7. 46   49   47
8. 51   41   61
9. 37   36   26
10. 94   82   73

B. Répondez aux questions avec une phrase au superlatif. Suivez l'exemple.

Exemple
Cet élève est intelligent?
Oui, c'est l'élève **le plus intelligent** de l'école.

1. Ce cours est difficile?
2. Cette élève est douée?
3. Cette classe est intéressante?
4. Ce professeur est sympathique?
5. Ce garçon est sportif?
6. Cet élève est amusant?
7. Ce joueur de hockey est bon?
8. Cette musicienne est bonne?

C. Répondez aux questions 1 à 6 de l'exercice précédent en employant **moins**. Suivez l'exemple.

Exemple
Cet élève est intelligent?
Mais non! C'est l'élève **le moins intelligent** de l'école.

D. Répondez aux questions suivantes.

1. Quel est le jour le plus long de l'année?
2. Quel est le jour le plus court de l'année?
3. Quel est le mois le plus court de l'année?
4. Quel mois a le plus de lettres? Le moins de lettres?
5. Quelle année est la plus longue: l'année 1981, 1982, 1983 ou 1984? Pourquoi?
6. Quelle est la plus grande ville du Canada?
7. Quelle est la plus grande ville de cette province?
8. Quel est le plus grand pays du monde?

Faites des recherches!

9. Quel est le plus petit pays de l'Amérique du Sud?
10. Quel est le plus grand continent? le plus grand océan?
11. Quelle est la plus grande planète? la plus petite planète?
12. Quel est le plus grand lac du Canada?
13. Quelle est la rivière la plus longue du monde? La rivière la plus longue du Canada?
14. Quelle est la montagne la plus haute du monde? La montagne la plus haute du Canada? De l'Amérique du Nord?
15. Quel est l'édifice le plus haut du monde?

E. Répondez aux questions avec une phrase au superlatif. Suivez l'exemple.

Exemple
Pierre parlait fort?
Oui, c'est Pierre qui parlait **le plus fort**.

1. Tom courait lentement?
2. Violette venait rarement à cette classe?
3. André allait souvent aux matchs de basketball?
4. Ces élèves mangeaient fréquemment à la cafétéria?
5. Angèle travaillait fort dans cette classe?
6. Philippe nageait vite?
7. Céleste comprenait bien l'italien?
8. Victor chantait bien?

62

F. La grande exposition des chiens

Regardez l'image et puis décidez quel chien:

1. a les plus grandes oreilles.
2. a les plus grandes pattes.
3. a la queue la plus longue.
4. a les plus longs poils.
5. est le plus grand.
6. est le plus petit.

7. a la langue la plus longue.
8. ressemble le plus à son maître.
9. peut sauter le plus haut.
10. peut courir le plus vite.
11. peut manger le plus vite.
12. est le plus beau.
13. est le plus jeune.
14. est le plus doué.
15. est le plus fatigué.

63

G. A ton avis:

1. Quelle est ta meilleure matière?
2. Quel sport trouves-tu le plus intéressant?
3. Quelle émission de télé est la meilleure à ton avis?
4. Qui est le meilleur joueur de hockey? De base-ball?
5. Quelle est la meilleure équipe de hockey? De base-ball?
6. Qui est le plus bel acteur de l'écran? La plus belle actrice?
7. Quel (le) élève de la classe est le (la) plus doué(e) en éducation physique? En français? En d'autres matières?
8. Qui parmi tes parents, tes tantes et tes oncles, etc. est le (la) plus sympathique`
9. Quel pays du monde est le plus intéressant à ton avis? Pourquoi?
10. Que fais-tu le plus souvent le samedi?
11. Quel disque (Quelle chanson) écoutes-tu le plus fréquemment?
12. D'habitude, quels devoirs peux-tu finir le plus vite?

1. Assis!

2. Coucher!

3. Pas bouger!

4. Viens!

5. A pied!

6. Donne la patte!

64

 RÉALITÉ

Distribution

Maria Chapdelaine	Marie-Hélène Fontaine
Sa mère	Carmelle Legal
Son père	Jean-Marc Amyot
Lorenzo Surprenant	Marc Royer
François Paradis	Robert Marinier
Eutrope Gagnon	Armand Laroche
Louis Hémon	Christian Vidosa
Adaptation	Armand Laroche
Mise en scène	Eugène Gallant
Costumes, décors et éclairage	Claude Rocque
Régisseur	Guy Richer

 théâtre du p'tit bonheur

Du connu vers l'inconnu

Les pronoms compléments d'objet direct dans les phrases à l'impératif

Tu écoutes **la chanson**?   Ecoute-**la**.
Nous discutons **l'examen**?   Discutons-**le**.
Vous regardez **les photos**?   Regardez-**les**.

A l'impératif où met-on les pronoms compléments d'objet direct?

Qu'est-ce qu'il y a entre le verbe à l'impératif et le pronom objet?

Exercices

A. Remplacez les mots en caractères gras par un pronom complément d'objet direct.

Exemple
Regardez **l'écran**.
Regardez-**le**.

1. Aidons **ces gens**.
2. Ecrivez **la phrase** au tableau.
3. Ecoute **le professeur**.
4. Visitons **cette ville**.
5. Tournez **le film**.
6. Cherche **les fautes**.
7. Invitons **nos amis**.
8. Explique **la question**.

B. Lisez les phrases suivantes et ensuite trouvez dans la liste un nom qui peut remplacer le pronom complément d'objet.
le chandail/ la crème solaire/leur disque/le journal/ ce jus d'orange/ tes lunettes/ ces pommes/ le restaurant/la télé

Exemple
Vous voulez des nouvelles? Lisez-**le**.
Vous voulez des nouvelles? Lisez **le journal**.

1. Tu as soif? Bois-**le**.
2. Vous voulez vous protéger contre le soleil? Mettez-**la**.
3. Nous avons faim. Mangeons-**les**.
4. Tu ne peux pas voir? Mets-**les**.
5. Nous aimons cette émission. Regardons-**la**.
6. Vous avez froid? Mettez-**le**.
7. Tu veux manger? Cherche-**le**.
8. Vous aimez ces chanteurs? Achetez-**le**.

 En garde!

Tu n'aimes pas **les bonbons**? Ne **les** mange pas!

Nous n'aimons pas **cette auto**? Ne **l'**achetons pas!

Vous n'aimez pas **ce complet**? Ne **le** portez pas!

Dans une phrase à l'impératif négatif où met-on le complément d'objet direct?

C. Mettez ces ordres à la forme négative.

Exemple
Regardons-le.
Ne le regardons pas.

1. Regardez-la.
2. Mangeons-le.
3. Chante-la.
4. Apportons-les.
5. Aide-le.
6. Dis-la.
7. Invitez-les.
8. Regardons-le.

La Place des Arts

Les compléments d'objet direct et indirect dans les phrases à l'impératif

Apporte-moi **le journal**.   Apporte-**le-moi**.

Dites-lui **la vérité**.   Dites-**la-lui.**

Raconte-nous **les nouvelles**.   Raconte-**les-nous.**

Montrez-leur **le film**.   Montrez-**le-leur**.

Dans les phrases à droite quels pronoms sont les compléments d'objet direct?

Quels pronoms sont les compléments d'objet indirect?

Quel est l'ordre des pronoms dans les ordres affirmatifs?

Exercices

A. Remplacez les mots en caractères gras par le pronom convenable.

Exemple
Donne-lui **le cadeau**.
Donne-**le**-lui.

1. Donnez-moi **les photos**.
2. Montre-leur **la carte**.
3. Expliquez-nous **ce métier**.
4. Dis-moi **la vérité**.
5. Racontez-lui **l'histoire**.
6. Apporte-nous **les revues**.
7. Achetez-moi **mon dîner**.
8. Envoie-lui **la lettre**.

B. Que dis-tu dans les situations suivantes? Emploie le verbe en caractères gras dans l'ordre.

Exemple
Tu demandes à ton père de te **lire** quelque chose du journal.
Tu dis: Lis-**le-moi** s'il te plaît.

1. Tu demandes à ton frère de te **passer** le pain.
2. Tu demandes au professeur **d'expliquer** les devoirs à toi et aux autres élèves.
3. Tu demandes à ton frère de **donner** le jouet à ta sœur.
4. Tu demandes à tes parents de **raconter** l'histoire de ta grand-mère à tes cousins.
5. Tu es malade. Tu demandes à une amie de t'**apporter** le livre de français.
6. Tu demandes au professeur de **montrer** le film aux élèves.
7. Tu demandes au propriétaire d'un magasin d'**envoyer** le pot de fleurs à ta mère.
8. Tu dis à ton frère de **montrer** ses cadeaux de Noël à tes amis.

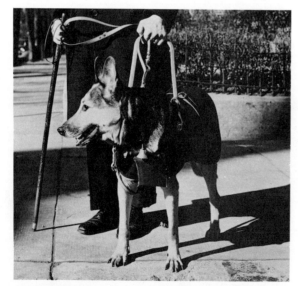

Un chien d'aveugle

Un chien qui parle français?

When your dog is disobedient, does it occur to you that you and he may not speak the same language? Likely not. But the blind in Quebec who are French-speaking do find that they have a serious communication problem. The seeing-eye dogs in Quebec are presently trained in the United States — in English! Efforts are being made to establish training centres in Canada where seeing-eye dogs can be taught to respond to commands in French and to move comfortably in a French-speaking environment.

LECTURE

De l'autre côté de l'écran

1 « Coupez! » crie le réalisateur. Immédiatement, les lumières s'éteignent, la caméra s'arrête de tourner et Axel vom Havelberg reprend sa place sur le plateau. « Vous me donnerez une demi-heure pour régler les lumières? » crie le chef-électricien. Encore une demi-heure. Pour Axel, l'attente sera longue et fatigante. Il a déjà passé quatre heures au studio. Il a déjà recommencé cinq fois la même scène, mais on n'a pas encore réussi « la prise parfaite ». Alors, on recommencera. Enfin « Lumières! » Les lumières s'allument. « Le Rouge! » Tout le monde se tait. « Moteur! Action! » On tourne. Axel saute par la fenêtre et attaque.

réalisateur *movie director*

régler *to regulate, to set*
attente *wait*

« prise parfaite » *perfect take*

69

10   Lumières! Le Rouge! Moteur! Coupez! Lumières! Le Rouge! Moteur! Coupez! Ainsi passera-t-il tout un après-midi − quatre ou cinq heures de travail pour réaliser une minute du film.

réaliser *to achieve, to obtain*

Expérience exceptionnelle? Pas du tout! C'est ce que fait une vedette de l'écran chaque jour de sa vie. Le cinéma est un métier dur. On y travaille! Les
15   heures sont longues et irrégulières. Les répétitions sont nombreuses. Un acteur passera souvent des heures interminables au studio. Il recommencera dix, quinze, vingt fois la même scène. Quand il rentre chez lui, complètement épuisé, neuf fois sur dix il profitera d'une pause pour étudier le scénario pour le lendemain. Mais dans ce cas particulier, la vedette elle-
20   même est vraiment exceptionnelle. Axel vom Havelberg est un chien.

répétitions *rehearsals*

nombreuses *numerous*

Aujourd'hui, Axel, sourd, mais autrement en bonne santé, se repose à Havelberg Dog Academy en Ontario avec son entraîneur Wolfram Klose. Pendant sa carrière illustre, il a tourné plusieurs films, mais maintenant il est à la retraite. Il ne travaillera plus. Mais il y a beaucoup d'animaux qui con-
25   tinuent à nous amuser et à nous fasciner chaque jour sur l'écran − les chiens, les chats, les chevaux, les singes, les animaux sauvages. Comme Axel, ils sont tous très bien entraînés et doués d'une intelligence et d'une personnalité souvent peu appréciées.

autrement *otherwise*

Le tournage d'un film est un travail très exigeant. Seuls les animaux
30   d'humeur égale sont capables de résister. Ils jouent des rôles variés et complexes, sur commande et dans un milieu étrange. Ils travaillent sous les lumières brûlantes du studio avec des gens qu'ils ne connaissent pas et qui ne sont pas toujours très sympathiques. Ils supportent sans embarras le va-et-vient des acteurs et de l'équipe technique. On les maquille; on leur de-
35   mande de faire des choses dangereuses, même impossibles!

tournage *making, shooting (of a film)*

d'humeur égale *even-tempered, good-natured*

sans embarras *without making a fuss*

le va-et-vient *the coming and going*

Mais ils le font. Pourquoi? Ils ne s'intéressent pas à gagner de l'argent pour acheter une voiture sport ou une villa en France ou en Espagne. Ils ne rêvent certainement pas d'être les vedettes les plus célèbres et les plus admirées. Ils le font pour une seule raison − pour obéir à l'entraîneur qu'ils
40   aiment. Pour leur fidélité seule, ils méritent toute l'affection et l'admiration qu'on peut leur donner.

70

Compréhension

Répondez aux questions suivantes.

1. Qu'est-ce qui se passe au studio quand:
   a) on crie «Coupez!»?
   b) on crie «Lumières!»?
   c) on crie «Le Rouge!»?
   d) on crie «Moteur! Action!»?
   e) il faut ajuster les lumières, les caméras ou les costumes, refaire le maquillage, etc.?
   f) on ne réussit pas la première fois à tourner «la prise parfaite»?
2. Combien d'heures faut-il environ pour tourner un film de 100 minutes? Si on travaille huit heures par jour, combien de jours faut-il travailler?
3. On dit que le cinéma est un métier dur. Pourquoi?
4. Qu'est-ce qu'Axel vom Havelberg fait aujourd'hui? Que faisait-il auparavant?
5. Pourquoi le tournage d'un film en studio est-il très exigeant pour un animal?
6. Est-ce que n'importe quel animal peut tourner un film? Quelles qualités faut-il posséder pour y réussir?
7. Pourquoi est-ce qu'un animal ne refuse pas de faire ce qu'on lui demande de faire en studio?

Le fouinard

A. Réponds aux questions suivantes.

1. Quel film as-tu vu récemment qui était à ton avis horrible? Excellent?
2. Quels films as-tu vu où un animal jouait un rôle important?
3. Quelles émissions de télé ou annonces publicitaires (ads) ont un animal comme vedette?
4. Aimes-tu lire la critique d'un film avant de le voir?
5. Aimes-tu regarder les «Academy Awards» qui reviennent à la télé chaque année?
6. Cette année, qui ou qu'est-ce qui mérite d'être:
   a) le meilleur acteur?
   b) la meilleure actrice?
   c) le meilleur réalisateur?
   d) le meilleur film?
   Qui a gagné les Oscars l'année passée?
7. Est-ce que le Gouvernement canadien dépense assez d'argent pour encourager les arts dramatiques au Canada? Pas assez? Trop?
8. Est-ce qu'une carrière dans les arts dramatiques t'intéresse?

B. Quelles sont les avantages et désavantages des situations suivantes?

Exemple
d'être médecin

Avantages
On gagne assez d'argent pour vivre à l'aise.
On aide les autres.
On est indépendant.
On fait un travail intéressant, varié et utile.

Désavantages
Il faut étudier longtemps pour devenir médecin.
Les heures sont longues et irrégulières.
Il y a beaucoup de responsabilités.

1. d'être vedette
2. d'être à la retraite
3. d'avoir un professeur exigeant
4. d'avoir un chien

A ton avis

Les personnages suivants ont des responsabilités bien précises dans le tournage d'un film. Qu'est-ce qu'ils font? Complète les phrases de la colonne A à l'aide de la colonne B.
(Même si tu vois des mots pour la première fois, tu peux facilement les comprendre. Ils ressemblent beaucoup à l'anglais ou aux mots que tu connais déjà.)

A.	B.
1. Le producteur	a) maquille les acteurs.
2. Le scénariste et dialoguiste	b) décide où placer les micros et vérifie la qualité du son.
3. Le réalisateur	c) trouve l'argent nécessaire pour tourner le film.
4. Le directeur de la photographie (chef-opérateur)	d) écrivent le texte du film.
5. Le preneur du son	e) sait bien tomber sans se blesser.
6. L'architecte et le décorateur	f) ressemble à la vedette et la remplace dans certaines scènes.
7. Le costumier	g) est responsable du tournage du film. Il donne tous les ordres.
8. Le maquilleur	h) dessinent et construisent les décors.
9. La doublure	i) fabrique les costumes.
10. Le cascadeur (casse-cou)	j) décide où placer les caméras et les lumières et dirige l'équipe technique.

A faire et à discuter

1. Qui sont les vedettes canadiennes du cinéma? Du théâtre? De la musique?
2. Quels films canadiens ont eu du succès?
3. Les chiens jouent souvent un rôle très important dans la société. Ils sont capables de faire beaucoup de choses. Comment est-ce qu'ils nous aident?
4. Choisissez une scène de votre livre préféré. Ecrivez le scénario et présentez la scène en classe.

⊞ POT-POURRI

A. Composition orale

Il n'est pire sourd que celui qui ne veut pas entendre.

B. Mettez les phrases suivantes au présent.

Exemple
Je **serai** enchanté de faire sa connaissance.
Je **suis** enchanté de faire sa connaissance.

1. Marcel et Paul **prépareront** le rapport.
2. Tu **chanteras** au concert?
3. Je ne me **reposerai** pas sur ce lit dur.
4. Nous **apprendrons** l'allemand.
5. Vous **boirez** beaucoup d'eau.
6. Les Dupont **visiteront** plusieurs vedettes.
7. On **tournera** un film chez nous.
8. Elles **allumeront** des bougies pour nous.
9. J'**éteindrai** les lumières avant de me coucher.
10. Il **vendra** sa motocyclette.

C. Fais des phrases au comparatif et au superlatif. Donne-nous ton avis.

Exemple
le lion/ le tigre/ l'éléphant/ féroce
Le lion est plus féroce que l'éléphant.
Le tigre est le plus féroce des trois.

1. les bananes/ les pommes/ les pêches/ délicieuses
2. un sandwich aux oeufs/ un sandwich au jambon/ un sandwich au rosbif/ bon
3. les mathématiques/ l'histoire/ le français/ intéressant
4. ma mère/ mon père/ mon frère (ma sœur)/ exigeant(e)
5. mes devoirs de géographie/ mes devoirs d'anglais/ mes devoirs de sciences/ faciles
6. le chien/ le chat/le cheval/ intelligent

A toi de les choisir

7. trois vedettes/ bon (bonne)
8. trois groupes pop/ doué
9. trois films/ intéressant
10. trois émissions à la télé/ intéressante.

D. Complète ces phrases comme tu veux, mais emploie un verbe au futur.

Exemple
Si je fais mes exercices de piano,
Si je fais mes exercices de piano,
    je jouerai beaucoup mieux. ou
    je serai un bon musicien.

1. Si je suis gentil(le) envers les autres,
2. Si j'étudie beaucoup,
3. Si je regarde la télé jusqu'à deux heures du matin,
4. Si je ne comprends pas les devoirs,
5. Si je fais mes exercices de gymnastique,
6. Si je finis mes devoirs avant neuf heures,
7. Si j'ai assez d'argent,
8. Si j'ai le temps,

Axel dans le film «Dracula»

ENRICHISSEMENT

A. Les superstitions des acteurs

Le métier d'acteur fascine beaucoup de gens. Quelle belle vie – grands hôtels, vêtements chic, soirées élégantes, vacances exotiques, admirateurs partout. Et quel aplomb! Toujours calmes et confiants, ils n'ont peur de rien et rien ne peut les bouleverser. Eh bien, presque rien. La plupart des acteurs sont très superstitieux. Voici comment vous pouvez torturer la vedette de votre choix.

- Dites-lui « Bonne Chance » le jour d'une représentation.
- Organisez une répétition en plein costume le jour d'une représentation.
- Apportez-lui des oeillets.
- Cassez son miroir ou renversez son poudrier pendant qu'il se maquille.
- Sifflez dans sa chambre.
- Peignez sa chambre en vert.
- Demandez-lui s'il a souvent « le trac » ou un « trou de mémoire »; rappelez-lui les conséquences horrifiantes.

Si vous êtes encore en vie après avoir fait tout ça, soyez certain que votre idole ne vous pardonnera jamais!

B. Poème

Un Canadien errant

Un Canadien errant,[1]
Banni de ses foyers,[2]
Parcourait en pleurant
Des pays étrangers.

Un jour, triste et pensif,
Assis au bord des flots,[3]
Au courant fugitif
Il adressa ces mots:

'Si tu vois mon pays,
Mon pays malheureux,
Va, dis à mes amis
Que je me souviens d'eux.

'Ô jours si pleins d'appas,[4]
Vous êtes disparus,
Et ma patrie, hélas!
Je ne la verrai plus.

'Non, mais en expirant,[5]
Ô mon cher Canada,
Mon regard languissant[6]
Vers toi se portera.'

Antoine Gérin-Lajoie
1824 - 1882

1. errant   *wandering*
2. foyers   *home*
3. flots   *sea*
4. appas   *charms*
5. expirant   *dying*
6. languissant   *languishing, melancholy*

VOCABULAIRE ACTIF

Noms (masculin)

le cas

l'écran

le lendemain

le métier

le milieu

le plateau

le plombier

Noms (féminin)

la carrière

la lumière

la pause

la retraite

la vedette

Verbes

allumer

éteindre

mériter

se reposer

supporter

se taire

Adjectifs

court, -e

doué, -e

dur, -e

épuisé, -e

exigeant, -e

long, longue

sourd, -e

sympathique

Adverbes

ainsi

alors

Expressions

de mauvaise humeur

tourner un film

UNITÉ 3

BUTS

Do it yourself!
- Discuss science fiction writers
- Discuss the world of tomorrow
- Discuss what you will become in the future

A toi de le faire!
- Discuter les écrivains de science-fiction
- Discuter le monde de demain
- Discuter de ce que tu deviendras dans l'avenir

VOCABULAIRE I

1. Les **extra-terrestres** montent dans une **fusée** et se préparent à quitter la **planète** pour la Terre.
Ils veulent savoir s'il y a une vie intelligente.

Sur la Terre, ils voient un grand plateau de **fruits de mer**.
« Quel bonheur, pensent-ils. Nous nous ressemblons! »

2. Marcel vient de **construire** un château de sable magnifique sur la plage. Malheureusement, la **mer** le **détruit** immédiatement.

3. Ce camion est très **large,** mais le tunnel est **étroit.** Quoi faire? Il n'y a pas assez d'**espace** pour avancer.

Exercices

A. Répondez aux questions suivantes.

1. Dans quoi est-ce que les extra-terrestres montent?
   Qu'est-ce qu'ils se préparent à faire?
   Où vont-ils?
   Pourquoi est-ce qu'ils y vont?
   Devant quoi est-ce qu'ils se présentent sur la Terre?
   Pourquoi sont-ils contents?
2. Qu'est-ce que Marcel vient de faire?
   Qu'est-ce qui se passe immédiatement après?
3. Est-ce que ce camion est large ou étroit?
   Et le tunnel?
   Le chauffeur du camion, pourquoi ne peut-il pas avancer?

B. Trouvez les mots qui manquent.

1. long, court, _____ étroit
2. soupes et hors-d'oeuvre, oeufs et omelettes, viandes, poissons, _____ , desserts et fromages.
3. l'auto, le train, l'avion, la _____
4. le Soleil, les _____ , leurs lunes, les astéroïdes
5. la rivière, le lac, la _____ , l'océan
6. étudier les plans de l'architecte, commander les matériaux, préparer le terrain, _____ la maison

C. Trouvez le mot dans le nouveau vocabulaire qui veut dire:

1. les êtres qui ne sont pas de la Terre
2. la distance qui existe entre deux objets
3. le contraire de **large**
4. le contraire de **construire**

D. Remplacez les tirets par un mot du nouveau vocabulaire.

1. Toutes les _____ dans notre système solaire tournent autour du Soleil.
2. Beaucoup de restaurants se spécialisent dans la préparation des _____ .
3. En 1961, la _____ Vostok I a porté le premier homme, Gagarine de l'U.R.S.S., dans l'Espace.
4. Croyez-vous tous les rapports concernant les rencontres avec les _____ et les OVNI?
5. L'eau de la _____ contient du sel et il ne faut pas la boire.
6. On vient de _____ un pont sur la rivière.
7. La pollution _____ la beauté naturelle de nos lacs et de nos rivières.
8. Mon grand-père a de grands _____ entre ses dents.
9. Ce garage a six mètres de _____ . On peut y stationner deux autos.
10. Cette rue est très _____ . Le gros camion ne peut pas passer.

E. Savez-vous?

1. Dans quelle ville sont les fusées américaines?
2. Quels deux pays fabriquent des fusées pour l'exploration spatiale?
3. Quel est le nom de la fusée qui a porté Aldrin, Armstrong et Collins à la Lune en 1969?
4. Quelles sont les neuf planètes dans notre système solaire?
5. Quelle planète est rouge et a des saisons?
6. Quelle planète est entourée d'anneaux?
7. Quelle planète a des nuages blancs?
8. Quelle est la première planète du Soleil? Et la dernière?
9. Quelle est la plus grande planète? Et la plus petite?
10. Dans quels films récents est-ce que les extra-terrestres ont joué un rôle important?

Un système solaire

📞 VOCABULAIRE II

écrivain *n.m.* auteur, homme ou femme, qui écrit des livres

Farley Mowat est un **écrivain** canadien bien connu.

millier *n.m.* à peu près mille (1 000); un très grand nombre

Des **milliers** d'hommes ont perdu la vie pendant la deuxième guerre mondiale.

pouvoir *n.m.* force, influence, autorité

Le gouvernement dans ce pays a beaucoup de **pouvoir.** Il contrôle tout.

roman *n.m.* un livre qui raconte une histoire imaginaire

Son nouveau **roman** est très populaire, plein d'aventures et de suspense.

puissant, -e *adj.* qui a beaucoup de pouvoir, de force, d'influence ou d'autorité

Le directeur de cette compagnie est très **puissant.** On lui obéit sans poser des questions.

sensible *adj.* émotif, facilement touché ou affecté

Je suis petit et ma soeur se moque toujours de moi. Elle n'est pas du tout **sensible.**
Marcel est **sensible** au froid. Il porte toujours deux chandails.

surtout *adv.* principalement, plus que tout autre chose

Tous les élèves de cette classe sont sportifs, **surtout** Pierre qui est champion national de ski.
De toutes les saisons, j'aime **surtout** l'été.

céder *v.* ne plus résister, laisser, abandonner, transférer

M. Laurentide prend sa retraite et **cède** sa place sur le comité à M. Dufour.

se divertir *v.* s'amuser, passer le temps d'une manière agréable

Mes parents vont souvent au théâtre pour **se divertir.**

résoudre *v.* trouver la solution

J'ai besoin d'argent, mais mon père ne me permet pas de travailler. Je ne sais pas comment **résoudre** ce problème.

un tas de beaucoup de, un grand nombre de

Il y a **un tas de** choses qu'on peut faire le soir pour s'amuser: lire, dessiner, jouer du piano, écouter de la musique, etc.

Exercices

A. Remplacez les tirets par un mot du nouveau vocabulaire.

1. Le garçon _____ sa place à la vieille dame.
2. Avec un peu de patience, tu réussiras à _____ ce problème.
3. Pour _____ _____ ce soir, je vais assister au match de basket-ball.
4. Il y a _____ _____ _____ produits sur le marché qui ne sont pas bons pour la santé.
5. _____ _____ _____ gens sont allés au concert à Woodstock.
6. Cet _____ vient de publier ses *Mémoires*.
7. J'aime beaucoup lire. J'aime les pièces, les histoires courtes, les _____ .
8. Le magicien Merlin a perdu ses _____ .
9. Ce pays a de grandes ressources. C'est un pays _____ .
10. Mes yeux sont _____ à la lumière. Je porte toujours des lunettes solaires.
11. Je déteste les légumes, _____ les carrottes.

B. Qu'en penses-tu? Complète les phrases.

1. _____ est un écrivain que j'admire beaucoup.
2. _____ est un de mes romans préférés.
3. Quand j'ai un problème, _____ m'aide à le résoudre.
4. J'aime la musique, surtout _____ .
5. Le soir pour me divertir, je _____ .
6. _____ est un politicien puissant.
7. Mes parents ne sont pas sensibles à _____ .
8. Les élèves de cette école n'ont pas assez de pouvoir pour décider _____ .

9. Je ne suis pas d'accord avec les milliers de dollars dépensés par le gouvernement pour _____ .
10. Chaque jour de ma vie, j'entends parler d'un tas de choses qui me fâchent. Par exemple, _____ .
11. Une fois j'ai cédé à _____ et j'ai fait ce qu'il (elle) voulait. Quel désastre, _____ !

On fait des recherches dans un labo

 VOCABULAIRE III

1. Madame Mimi **chauffe** lentement sa boule de cristal.
Elle est capable de **prédire l'avenir.**

2. On dit que cet **ordinateur** est capable d'analyser notre **caractère** et de nous trouver le partenaire idéal.
Malheureusement, il ne **fonctionne** pas toujours bien.

Exercices

A. Répondez aux questions suivantes.

1. Qu'est-ce que Madame Mimi fait?
   Qu'est-ce qu'elle est capable de faire?
2. Quelle sorte de machine est-ce?
   Comment est-ce que cette machine nous aide à trouver le partenaire idéal?
   Est-ce qu'elle réussit toujours à le faire? Pourquoi?

B. Choisissez un mot du nouveau vocabulaire qui correspond aux définitions suivantes.

1. rendre chaud
2. ce qui va arriver
3. deviner
4. une machine électronique qui peut faire toutes sortes de calculs complexes
5. le tempérament
6. marcher bien (machine)

C. Remplacez les tirets par les mots donnés.

fonctionne/caractère/chauffe/ordinateurs
/prédire

1. Les _____ nous aident à faire des calculs très vite.
2. Sais-tu ce que tu as envie de faire dans l' _____ .
3. Peux-tu _____ qui sera le nouveau directeur de l'école?
4. Un employeur s'intéresse à ton _____ aussi bien qu'à ton expérience professionnelle.
5. Comprends-tu comment _____ cette radio?
6. Pour conserver de l'énergie, ne _____ pas beaucoup la maison pendant que tu sors ou dors.

D. Réponds à ces questions personnelles.

1. Penses-tu que les extra-terrestres ont déjà visité notre planète?
2. Dans cent ans, habiterons-nous dans l'espace? Et sous la mer?
3. Crois-tu que certaines gens peuvent prédire l'avenir?
4. Préfères-tu résoudre tes problèmes tout seul ou en discuter avec tes amis?
5. Qu'est-ce que tu fais pour te divertir le week-end?
6. Dans l'autobus, est-ce qu'un garçon doit toujours céder sa place à une fille?
7. Est-ce que les filles sont plus sensibles que les garçons?
8. Préfères-tu lire un roman ou un journal?
9. As-tu envie d'être écrivain?
10. Aimes-tu manger des fruits de mer?

Un robot

85

 # STRUCTURES

En + le participe présent

Les malheurs d'une gardienne

1. Après deux longues heures le petit s'est enfin endormi. Alors Chantal a décidé de préparer une omelette.

2. Mais **en préparant** l'omelette, elle a laissé tomber un oeuf.

3. En saisissant une serviette pour nettoyer le plancher, elle a glissé sur l'oeuf.

4. En glissant, elle est tombée sur le chien qui a hurlé. Et, voilà! Le petit s'est réveillé.

Observation grammaticale

Nous étudions chaque soir, et **en étudiant** nous travaillons fort.

Nous commençons nos devoirs après le souper, et **en** les **commençant** si tôt, nous les finissons de bonne heure.

En finissant avant vingt heures, nous pouvons regarder nos émissions de télé favorites.

Nous ne nous dépêchons pas trop, car **en nous dépêchant**, nous pouvons faire beaucoup de fautes.

Nous comprenons qu'il faut étudier chaque soir, et **en comprenant** cela, nous réussissons toujours à l'école.

On appelle **étudiant, commençant, finissant, nous dépêchant** et **comprenant** les participes présents.

Comment fait-on le participe présent d'un verbe? Quelle forme du présent emploie-t-on?

Si le participe présent a un pronom complément d'objet, où met-on le pronom?

S'il y a un pronom réfléchi devant le participe présent, avec quoi s'accorde-t-il?

A quelles questions est-ce que **en** + un participe présent répond?

Exercices

A. Remplissez le tiret par le participe présent du verbe donné.

Exemple
En _____ il est tombé. (sortir)
En **sortant**, il est tombé.

1. En _____ de ses amis, elle est devenue très animée. (parler)
2. En _____ sa réponse, il a frappé du pied. (attendre)
3. Paul s'est endormi en _____ le rapport. (lire)
4. Louise riait en _____ la blague. (raconter)
5. Nous avons perdu notre chemin en _____ les empreintes. (suivre)

6. En _____ du cinéma, ils ont rencontré des amis. (revenir)
7. En _____ trop de sel, j'ai ruiné le repas. (ajouter)
8. Elle chantait en _____ . (se lever)

B. Combinez les deux phrases en suivant l'exemple.

Exemple
Il travaillait. Il chantait.
Il travaillait **en chantant**.

1. Elle regardait la télé. Elle **parlait** au téléphone.
2. Je réussis. J'**étudie.**
3. Nous nous mettrons en forme. Nous **courons.**
4. Elle n'a pas eu d'accident. Elle **ralentissait** l'auto.

88

5. Il a jeté ses livres sur la table. Il **est entré** dans sa chambre.
6. Vous serez capable de m'aider. Vous **comprenez** mes problèmes.
7. Il l'a beaucoup aidé. Il lui **dit** la solution.
8. Ils ont eu peur. Ils **ont vu** le serpent.

C. Transformez les phrases suivantes selon l'exemple.

Exemple

Quand je suis entré dans la chambre, je me sentais mal à l'aise.

En entrant dans la chambre, je me sentais mal à l'aise.

1. **Quand il a allumé** les lumières, il a remarqué le voleur.
2. **Pendant que nous tournions** le film, nous sommes devenus de bons amis.
3. **Quand j'ai mis** mes souliers, je me suis fait mal au dos.
4. **Pendant qu'il suivait** le cours, il avait beaucoup de difficultés.
5. **Quand il a lancé,** le joueur a marqué un panier.
6. **Pendant que vous dormiez,** vous avez dit son nom.
7. **Quand elle a fini** ses devoirs, elle a mis ses cahiers sur la chaise.
8. **Pendant que tu lisais** le passage, tu n'as pas fait de fautes.

D. Transformez les phrases suivantes selon l'exemple.

Exemple

Si nous nous dépêchons, nous arriverons à l'heure.

Nous arriverons à l'heure **en nous dépêchant.**

1. **Si nous nous passons** d'une nouvelle voiture, nous aurons plus d'argent pour la maison.
2. **Si vous vous moquez** de lui, vous le rendrez furieux.
3. **Si je m'occupe** de cette affaire maintenant, je n'aurai rien à faire plus tard.
4. **Si tu te reposes** maintenant, tu ne seras pas fatigué ce soir.
5. **Si elle se maquille** trop, elle fera une mauvaise impression.
6. **S'ils se rendent** au bureau tout de suite, ils rencontreront le chef.
7. **Si tu t'habilles** tout en bleu, tu auras l'air très beau.
8. **Si je me couche** à trois heures du matin, je serai complètement épuisé le lendemain.

 En garde!

Le participe présent des verbes *être, avoir, savoir*

Mme Gendron est infirmière et **étant** infirmière, elle a pu aider le malade.

J'avais faim et **ayant** faim, j'ai préparé quelque chose à manger.

Il savait les détails du crime, et **sachant** cela, il est allé à la police.

Quel est le participe présent du verbe **être**? Du verbe **avoir** et du verbe **savoir**?

Remarquez que les participes présents **étant, ayant** et **sachant** ne sont pas précédés en général par le mot **en**.

E. Remplacez les tirets par **étant, ayant** ou **sachant** selon le cas.

Exemple

_____ en retard, elle a manqué la première classe.

Etant en retard, elle a manqué la première classe.

1. _____ besoin d'argent, il en a demandé à sa mère.
2. _____ qu'elle était malade, il lui a envoyé des fleurs.
3. _____ au Québec pendant deux ans, elle est devenue bilingue.
4. _____ très diligent, il a toujours réussi à l'école.
5. _____ froid, elle a mis un chandail.
6. En _____ toutes les réponses, Jacques a obtenu une note parfaite.
7. _____ mal aux dents, elle est allée chez le dentiste.
8. _____ très fatigué, il s'est couché à neuf heures du soir.

F. Complète ces phrases comme tu veux.
1. En faisant mes devoirs, je . . .
2. En regardant la télé, je . . .
3. En allant à l'école, je . . .
4. Etant tres _____ , je . . .
5. Ayant faim, je . . .
6. En lisant _____ , je . . .
7. En me réveillant, je . . .
8. En m'habillant pour une partie, je . . .

G. Réponds à ces questions comme tu veux en suivant les exemples.

Exemple
Que fais-tu si tu sais que ta tante favorite va venir te voir?
Sachant que ma tante favorite va venir me voir, je lui achète un cadeau.

1. Que fais-tu si tu te sens malade le jour d'un test à l'école?
2. Que fais-tu si tu as des difficultés à faire tes devoirs?
3. Que fais-tu si tu es seul(e) à la maison à minuit et quelqu'un frappe à la porte?

Exemple
Que fais-tu si tu vois un animal blessé?
En voyant un animal blessé, je téléphone à la Société protectrice des animaux.

4. Que fais-tu si tu suis un régime pour perdre du poids?
5. Que fais-tu si tu vois un élève qui copie le test d'un autre élève?
6. Que fais-tu si tu apprends qu'un copain se drogue?

PROVERBE

L'appétit vient en mangeant.

Un astronaute américain

Le futur de quelques verbes irréguliers

La vieille femme sage prédit l'avenir.

1. Qu'est-ce qui m'**arrivera** dans l'avenir?
Toi, ma fille, tu **deviendras** riche et célèbre.
Tu **obtiendras** trois Oscars et tu feras comme tu **voudras.**

2. Et cette fille sérieuse?
Elle **sera** diplomate et **aura** l'occasion de voyager partout.
Elle **ira** partout dans le monde et **saura** résoudre des problèmes entre les pays du monde.

3. Et vous, monsieur l'athlète?
Vous **courrez** le marathon, mais vous ne **pourrez** pas le finir.

4. Vous **verrez** un coureur en détresse et vous **essayerez** de l'aider, mais malheureusement il **mourra** avant la fin de la course.

Observation grammaticale

Es-tu allé chez le dentiste? Non, mais j'**irai** chez lui demain.

Tu **sauras** bientôt si on t'a accepté au collège.

Il **deviendra** médecin dans trois ans.

Elle **obtiendra** son diplôme l'année prochaine.

On a trouvé un nouveau médicament; on ne **mourra** plus jamais de cette maladie.

Nous aimons cette ville. Nous ne **voudrons** jamais la quitter.

Vous **pourrez** nous aider demain soir à la partie.

Ils n'ont pas pu parler au directeur ce matin, mais ils le **verront** demain.

Elles **courront** le marathon la semaine prochaine.

Pouvez-vous donner le futur (avec **il**) de chacun des verbes suivants en vous référant aux phrases ci-dessus?

aller, courir, devenir, mourir, obtenir, pouvoir, savoir, voir et **vouloir.**

Quel est donc le futur des verbes **venir, retenir, tenir?**

Comment est-ce que les verbes **venir, tenir, devenir, obtenir** et **retenir** se ressemblent au futur?

Qu'est-ce que **courir, mourir, pouvoir** et **voir** ont en commun au futur?

A quel autre verbe est-ce que **savoir** ressemble au futur?

Exercices

A. Répondez selon l'exemple.

Exemple
Je ne **viendrai** pas au concert. Et Jeanne?
Elle ne **viendra** pas non plus.

1. Je ne **pourrai** pas le faire. Et vous?
2. Tu ne **mourras** pas de faim. Et mon frère?
3. Il ne **deviendra** pas avocat. Et toi?
4. Nous ne **courrons** pas le marathon. Et Serge et Roger?
5. Vous ne **verrez** pas l'écrivain. Et Francine?
6. Ils ne **voudront** pas voir la fusée. Et nous?
7. Maurice ne **saura** pas construire un ordinateur. Et moi?

8. Je n'**irai** pas le voir. Et le docteur Duval?

B. Répondez aux questions en suivant l'exemple.

Exemple
Marc **a couru** deux kilomètres?
Non, mais il **courra** deux kilomètres demain peut-être.

1. Henri **a vu** le film?
2. Nous **sommes venus** à l'heure?
3. Tu **savais** la réponse?
4. Vous **avez obtenu** le roman?
5. Le malade **est mort**?
6. Vous **pouviez** aider l'élève, monsieur?
7. Annette **voulait** consulter le médecin?
8. Marie **est allée** lui parler?

93

C. Remplacez les tirets par un verbe au futur choisi de la liste suivante.

aller/ courir/ devenir/ mourir/ obtenir/ pouvoir/ retenir/ savoir/ venir/ voir/ vouloir

Exemple
Est-ce qu'il _____ son poste à l'avenir?
Est-ce qu'il **retiendra** son poste à l'avenir?

1. Qui _____ au cinéma avec moi?
2. Les élèves _____ le film samedi.
3. J' _____ la permission de mes parents pour aller à l'exposition des ordinateurs.
4. Ces chevaux _____ aux courses demain.
5. Nous _____ bientôt comprendre comment la fusée fonctionne.
6. Louis? Il ne _____ jamais devenir écrivain.
7. _____ -tu écouter l'écrivain lire de son nouveau roman?
8. J'espère qu'il ne _____ pas de cette maladie.
9. Vous _____ la réponse demain, monsieur.
10. Que _____ -t-il à l'avenir? Plombier ou électricien?

Une Canadienne célèbre

Gabrielle Roy is a Canadian author who was born in 1909 at Saint-Boniface, Manitoba to parents originally from Quebec. Her first novel, *Bonheur d'Occasion (The Tin Flute)*, won her the prestigious Prix Femina (France) in 1947. Since then, she has published many outstanding novels – *Alexandre Chenevert (The Cashier)*, *Rue Deschambault (Street of Riches)* and *Ces Enfants de Ma Vie (Children of My Heart)*, to name but a few. Her novels have been translated into many languages and have won numerous awards, including the coveted Governor General's Award for Literature three times.

Gabrielle Roy

D. Complétez les propositions de la colonne A à l'aide des parties de la colonne B qui conviennent et mettez-les au futur selon l'exemple.

Exemple
Si j'étudie beaucoup . . .
Si j'étudie beaucoup, je saurai toutes les réponses le jour de l'examen.

A	B
1. Si je veux être en forme,	a. venir à la partie ce soir.
2. Si j'ai assez de temps,	b. devenir malade.
3. Si tu veux me parler,	c. vouloir te visiter.
4. Si j'ai mal aux dents,	d. pouvoir voyager en Europe.
5. Si j'ai assez d'argent,	e. savoir toutes les réponses le jour de l'examen.
6. Si je viens à Montréal,	f. te voir après la classe.
7. Si je mange trop d'oignons,	g. obtenir d'abord leur permission.
8. Si je veux conduire l'auto de mes parents,	h. aller chez le dentiste.
9. Si tu ne me dis pas le secret,	i. courir trois kilomètres par jour.
10. Si je fais une promesse,	j. mourir de curiosité.
	k. la tenir.

E. Réponds aux questions suivantes.

1. Où iras-tu pendant les vacances?
2. Qu'est-ce que tu deviendras après tes études?
3. Reviendras-tu à l'école pour la dixième réunion de ta classe? Qui voudras-tu voir alors?
4. Iras-tu au cinéma ce week-end? Quel film verras-tu?
5. Où seras-tu à huit heures ce soir? Que feras-tu?
6. Que feras-tu ce week-end? Que feras-tu pendant l'été?
7. Quand voudras-tu te marier? Combien d'enfants voudras-tu avoir?
8. Quand pourras-tu conduire une auto?

F. Peux-tu prédire l'avenir? Travaille avec un(e) ami(e) et essaie de faire des prédictions.

1. Qui aura la meilleure note en français?
2. Qu'est-ce que les autres élèves deviendront après leurs études? (quel métier ou quelle profession)
3. Qui se mariera le premier (la première)?
4. Qui voudra voyager beaucoup? Où voudra-t-il (elle) voyager?
5. Qui ira à l'université? Au collège?
6. Qui deviendra célèbre? Pourquoi?
7. Qui dans cette classe saura construire un ordinateur?
8. Est-ce que les ordinateurs deviendront très importants dans notre vie? Comment?
9 Qu'est-ce que les ordinateurs feront pour nous?
10. Quand passerons-nous les vacances sur la lune?
11. Quand irons-nous en fusée dans l'espace?
12. A quelles planètes irons-nous?

CHER JOURNAL

Pendant l'heure du déjeuner, je fais **fréquemment** une promenade avec une fille de ma classe qui a **récemment** immigré au Canada. Elle apprend la langue française pour la première fois et il faut admettre qu'elle apprend **vite**. Elle comprend déjà très **bien** mais parle **rarement**. Elle se sent **encore** un peu **mal à l'aise**. Moi, par contre, je parle **constamment** – même **trop**!

Hier, nous avons passé devant la maison de M. Savignon – un homme qui est **toujours** de mauvaise humeur. Il est **immédiatement** sorti de la maison et m'a accusé d'avoir jeté mon sac à déjeuner dans son jardin. **Naturellement,** je n'étais pas coupable, ma copine non plus. M. Savignon lui a demandé son nom. Elle a répondu **lentement** et **doucement**, en regardant **toujours** ses souliers! «C'est vous qui l'avez fait, alors», a-t-il continué **impoliment**. Elle n'a rien dit. Frustré, il lui a crié **impatiemment**, «Ramassez ce papier et regardez-moi pendant que je vous parle.» **Silencieusement,** elle a mis le papier dans sa poche et est partie, sans lui parler, sans le regarder. **Vraiment** content de sa victoire, M. Savignon est rentré.

Franchement, j'étais **complètement** étonné et très fâché. Elle était **absolument** innocente, mais elle avait l'air si coupable! C'était **précisément** ce que M. Savignon voulait. **Enfin,** mon amie m'a expliqué que dans sa culture, on ne regarde jamais un homme plus âgé que soi pendant qu'il vous parle, **surtout** quand il vous critique, et on ne refuse **certainement** pas de faire ce qu'il demande. Un geste, deux interprétations différentes.

A l'aide du dictionnaire

A. Les mots en caractères gras dans ce texte sont des adverbes. Les adverbes dans une phrase nous aident à comprendre plus précisément ce qui se passe. Ils modifient un verbe, un adjectif ou un autre adverbe et ne changent jamais de forme.

  1. Trouvez dans le texte les adverbes qui veulent dire:
    a) le jour avant aujourd'hui
    b) sans cesse, sans fin
    c) finalement, à la fin
    d) principalement, plus que tout autre chose
    e) extrêmement, excessivement

B. Si vous cherchez un adverbe dans le dictionnaire et vous ne pouvez pas le trouver immédiatement, prenez courage! Beaucoup d'adverbes se forment en ajoutant une terminaison à l'adjectif. Cherchez l'adjectif dans le dictionnaire pour apprendre le sens du mot.

  1. Trouvez dans le texte l'adverbe qui correspond aux adjectifs suivants.

rare	rare
immédiat	immédiate
naturel	naturelle
lent	lente
doux	douce
silencieux	silencieuse
franc	franche

complet   complète
certain   certaine

 (a) Comment est-ce qu'on forme ces adverbes?
 (b) Qu'est-ce que ces adverbes veulent dire?
2. Si un adjectif se termine déjà par une voyelle, on ajoute **ment** à la forme masculine de l'adjectif. Quels adverbes dans le texte se forment de cette façon? Qu'est-ce que ces adverbes veulent dire?
3. Regardez les adverbes suivants pris du texte:
récemment
fréquemment
impatiemment
constamment

 (a) Quels sont les adjectifs qui correspondent à ces adverbes?
 (b) Quels sont les trois dernières lettres de ces adjectifs?
 (c) Si on enlève ces trois dernières lettres, quelle terminaison est-ce qu'on ajoute pour former l'adverbe?
4. Quel adverbe dans le texte est le contraire de **lentement**? Est-ce que l'adjectif s'écrit de la même façon?
5. Quel adverbe prend un accent aigu (é) à la forme féminine de l'adjectif avant d'ajouter la terminaison **ment**?
6. Quels adverbes n'ont aucun rapport avec l'adjectif? Trouvez dans le texte l'adverbe qui correspond aux adjectifs suivants.
bon   mauvais

Tête-à-tête

1. Comment est-ce que M. Savignon a mal interprété ce que la fille a fait? Et son ami?
2. Que penses-tu de M. Savignon? Es-tu capable, après avoir lu cette histoire, d'analyser son caractère?

3. Imagine que tu habites ailleurs dans une culture différente comme la fille de cette histoire.
 (a) As-tu peur? Te sens-tu mal à l'aise? Pourquoi?
 (b) Tu fais la connaissance de quelqu'un qui t'aide beaucoup. Pourquoi aimes-tu cette personne? Qu'est-ce qu'il (elle) fait pour te mettre à ton aise?
4. A ton avis, est-ce que les Canadiens sont sensibles aux gens des autres cultures?
5. Quelles nationalités ou cultures sont représentées dans ta classe?

Centre des sciences de l'Ontario

 # STRUCTURE

Les pronoms relatifs **ce qui** et **ce que**

1. *Pauline:* J'ai entendu quelque chose.
Qu'est-ce qui a fait ce bruit?

Gérard: Je ne sais pas **ce qui** a fait ce bruit.
C'est peut-être le chat **qui** veut entrer.

2. *Pauline:* (en regardant par la fenêtre) Non, ce n'est pas le chat; c'est
une personne — un voleur.
Qu'est-ce qu'il a à la main?

Gérard: (effrayé) Je ne sais pas **ce qu'**il a à la main.
C'est un revolver **qu'**il tient?

3. *Victor:* (de l'autre côté de la porte) Gérard! Pauline!
C'est moi, Victor. Ouvrez-moi la porte!
J'ai perdu mes lunettes et je ne peux pas voir où mettre la clé.

 Observation grammaticale

C'est l'ordinateur **qui** ne marche pas?
Je ne sais pas **ce qui** ne marche pas.

C'est une fusée **que** Jacques a vue?
Je ne sais pas **ce que** Jacques a vu.

Quel est l'antécédent de **qui** dans la première phrase?

Qu'est-ce qu'on met devant **qui** s'il n'y a pas d'antécédent?

Quel est l'antécédent de **que** dans la troisième phrase?

Qu'est-ce qu'on met devant **que** s'il n'y a pas d'antécédent?

Ce qui est un sujet ou un objet? Et **ce que?**

Exercices

A. Répondez aux questions selon l'exemple.

Exemple
Qu'est-ce qui se trouve dans le panier?
Je ne sais pas **ce qui** se trouve dans le panier.

1. Qu'est-ce qui se trouve dans le tiroir?
2. Qu'est-ce qui nous reste?
3. Qu'est-ce qui a fait le bruit?
4. Qu'est-ce qui était comique?
5. Qu'est-ce qui ne fonctionne pas?
6. Qu'est-ce qui ne va pas?

B. Répondez aux questions selon l'exemple.

Exemple
Qu'est-ce qu'il cherche?
Je ne sais pas **ce qu'**il cherche.

1. Qu'est-ce qu'il construit?
2. Qu'est-ce que Paul veut?
3. Qu'est-ce que l'écrivain veut dire?
4. Qu'est-ce qu'elle écoute?
5. Qu'est-ce qu'il essaie de faire?
6. Qu'est-ce que le chef prépare pour le dîner?

C. Employez **ce qui** ou **ce que (ce qu')** pour compléter les phrases suivantes.

Exemple
As-tu vu _____ il a mis dans sa poche?
As-tu vu **ce qu'**il a mis dans sa poche?

1. Il a demandé _____ était derrière la porte.
2. Je ne comprends pas _____ Monique veut dire.
3. Nicole voudra savoir _____ il y a dans la boîte.

4. Silence! Je ne peux pas entendre _____ Jacqueline dit.
5. Dis-moi _____ va arriver.
6. Henri veut savoir _____ il y a à la télé ce soir.
7. Je veux savoir _____ reste à faire.
8. Nous voulons apprendre _____ t'intéresse?
9. Je ne sais pas _____ l'enfant a mangé.
10. Dites-nous _____ est tombé.

 En garde!

Dis-moi **tout ce que** tu sais de cet écrivain. Il faut apprendre **tout ce qui** est dans ce chapitre.

D. Complétez les phrases par **tout ce qui** ou **tout ce que (tout ce qu')** selon le cas.

Exemple
_____ il écrit est sans faute.
Tout ce qu'il écrit est sans faute.

1. _____ est dans ce livre est intéressant.
2. _____ Claudine choisit est très cher.
3. _____ elle dit est amusant.
4. _____ est sur la table est délicieux.
5. _____ il fait est excellent.
6. _____ vient après ce chapitre est ennuyeux.
7. _____ me reste à faire n'est pas important.
8. _____ nous achetons est nécessaire.

100

E. Remplacez **tout ce** dans chaque phrase par des mots de la liste suivante qui conviennent.
les biscuits/ les édifices/ un événement/ l'histoire/ les problèmes de mathématiques/ les romans/ les sandwichs/ les vêtements/ tout l'argent

Exemple
Je préparerai tout ce qu'on va manger.
Je préparerai **les sandwichs** qu'on va manger.

1. Je lis tout ce que cet écrivain écrit.
2. Elle veut acheter tout ce que tu as à vendre.
3. Michèle donne tout ce qu'elle a aux pauvres.
4. Dominique trouve incroyable tout ce qu'il raconte.
5. J'admire tout ce qu'il construit.
6. Nous ne comprenons pas tout ce qu'il explique.
7. Le chien ne mange pas tout ce qu'on lui donne.
8. Vous ne pouvez pas prédire tout ce qui va arriver.

F. Complète ces phrases comme tu veux.

Exemple
Ce que je déteste, c'est une personne qui change toujours d'avis.

1. Ce qui m'énerve, c'est . . .
2. Ce qui m'intéresse surtout, c'est . . .
3. Ce que je trouve ennuyeux, c'est . . .
4. Ce que j'adore, c'est . . .
5. Ce que je veux, c'est (de) . . .
6. Ce que j'oublie toujours, c'est (de) . . .
7. Ce que je pense des ordinateurs, c'est qu'ils . . .
8. Ce que je ne comprends pas, c'est . . .
9. Ce qui est très important pour moi, c'est . . .
10. Ce que je n'accepterai jamais, c'est . . .
11. Tout ce qui me reste de mon argent de poche est . . .
12. Tout ce que je fais est . . .

Une fusée

 RÉALITÉ

COMMUNICATIONS INTERURBAINES
INDICATIF RÉGIONAL 514

Frais virés

Troisième numéro

De personne à personne

Pour appeler à l'intérieur de votre région, faites le 0 (zéro), puis le numéro de téléphone.

Pour appeler à l'extérieur de votre region, faites le 0 (zéro), puis l'indicatif régional approprié et le numéro de téléphone.

Quand vous aurez composé le numéro, un téléphoniste répondra et vous aidera à établir la communication.

Frais virés: Dites qu'il s'agit d'une communication à frais virés et donnez votre nom.

Troisième numéro: Dites qu'il s'agit d'une communication à facturer à un 3e numéro et donnez l'indicatif régional puis le numéro de téléphone. Le téléphoniste peut valider le troisième numéro avant de traiter l'appel.

De personne à personne: Donnez le nom de la personne que vous appelez.

On peut établir ces communications d'un téléphone public ou d'une chambre d'hôtel.

Du connu vers l'inconnu

Les pronoms compléments d'objet direct et indirect: *le, la, les +* *lui, leur*

Le professeur montre le film aux élèves?
Oui, il **le leur** montre.

L'enfant a raconté l'histoire à sa mère?
Oui, il **la lui** a raconté**e**.

Mme Bourassa a expliqué les exercices aux élèves?
Non, elle ne **les leur** a pas expliqué**s**.

Quels sont les pronoms compléments d'objet direct dans les phrases ci-dessus?

Quels sont les pronoms compléments d'objet indirect?

Quel est l'ordre des pronoms compléments?

Dans une phrase négative avec des pronoms compléments, où met-on **ne**? Où met-on **pas**?

Pourquoi avons-nous ajouté **e** à **raconté** et **s** à **expliqué**?

Exercices

A. Répondez aux questions suivantes en remplaçant les mots en caractères gras par un pronom complément d'objet. Faites attention aux changements nécessaires au participe passé.

Exemple
L'élève lui a dit **la réponse**?
Oui, il **la** lui a dit**e**.

1. Le professeur leur a donné **le test**?
2. Le directeur lui a donné **le livre**?
3. Il leur a expliqué **les mystères de l'espace**?
4. Ton frère lui a donné **le roman**?
5. La vieille dame leur a prédit **l'avenir?**
6 Robert lui a montré **sa fusée**?
7. Le président leur a cédé **son pouvoir**?
8. Marie lui a donné **son argent**?

B. Répondez aux questions suivantes en remplaçant les mots en caractères gras par des pronoms compléments d'objet. Faites attention aux changements nécessaires au participe passé.

Exemple
M. Gendron a montré **l'ordinateur aux élèves**?
Oui, il **le leur** a montré.

1. Roger a montré **ses photos à Madeleine**?
2. L'enfant a dit **la vérité à sa mère**?
3. Louise a raconté **la blague à ses amies**?
4. Kathy a posé **la question au professeur**?
5. Maurice a apporté **le journal à son père**?
6. Gisèle a offert **sa voiture à Philippe**?
7. André a donné **ses devoirs à ses amis**?
8. René a écrit **les lettres à ses grands-parents**?

C. Répondez à la forme négative. Remplacez les mots en caractères gras par un pronom complément d'objet.

Exemple
Tu lui as montré **la photo**?
Non, je ne **la** lui ai pas montré**e**.

1. Tu leur as donné **tes devoirs**?
2. Tu l'as indiqué **à Pauline**?
3. Tu leur as envoyé **les invitations**?
4. Tu lui as raconté **cette histoire**?
5. Tu les as posées **aux élèves**?
6. Tu l'as passé **à Nicole**?
7. Tu leur as envoyé **les fleurs**?
8. Tu l'as lu **à ton père**?

 En garde!

Elle veut envoyer **la carte à Brian**.
Elle veut **la lui** envoyer.

Quand il y a un verbe et un infinitif, où met-on les pronoms compléments d'objet?

La et **lui** sont les compléments de quel verbe?
De **veut** ou de **envoyer?**

D. Répondez selon l'exemple.

Exemple
Elle le lui a donné?
Non, mais elle veut le lui donner.

1. Jean le lui a donné?
2. Brigitte les leur a offerts?
3. Charles la lui a apportée?
4. Nicole le leur a lu?
5. Paul les lui a chantées?
6. Suzanne la leur a envoyée?

E. Remplacez les mots en caractères gras par des pronoms compléments.

Exemple
Mme Bondy veut montrer **ses photos à Mme Séguin**.
Mme Bondy veut **les lui** montrer.

1. Je vais donner **mon rapport au professeur** demain.
2. Elle peut expliquer **les phrases aux élèves**.
3. Richard parle **français à ses parents.**
4. Paul lit **le roman à sa soeur.**
5. Claudette n'a pas donné **son rapport à M. Leblanc.**
6. Le professeur va montrer **l'ordinateur aux élèves.**
7 Michel ne peut pas dire **la vérité à Julie.**
8. Les élèves n'ont pas écrit **les lettres à leurs parents.**

F. Réponds à ces questions comme tu veux, mais utilise deux pronoms compléments d'objet dans ta réponse.

Exemple
Si tu te sens malade, est-ce que tu le dis à ta mère?
Oui, je le lui dis. *ou*
Non, je ne le lui dis pas.

1. Quand tu réussis à un examen, est-ce que tu le dis à tes parents? Veux-tu le dire à tes parents?
2. Si tu échoues à quelque chose, est-ce que tu le dis à ta mère? A ton père? Peux-tu le dire à tes amis?
3. Si tu te disputes avec ton frère (ta soeur), est-ce qu'il (elle) le dit à tes parents? Veux-tu le dire à tes parents?
4. Si tu es triste, est-ce que tu le caches à ta mère? A ton père? A ton meilleur ami (ta meilleure amie)?

5. Si tu perds ton meilleur ami (ta meilleure amie), est-ce que tu le dis à tes parents? A ton frère? A ta soeur? A d'autres amis?
6. Si tu vois un élève qui regarde les réponses d'un autre élève pendant un test, est-ce que tu le dis au professeur? Pourquoi? Veux-tu le dire au professeur? Le dis-tu à un(e) ami(e) après le test?

 En garde!

Tu racontes l'histoire à tes amis?

Oui, raconte-**la-leur!**
Non! Ne **la leur** raconte pas!

Vous montrez ces photos à Georgette?

Oui, montrez-**les-lui!**
Non! Ne **les lui** montrez pas!

Dans une phrase à l'impératif affirmatif, où met-on les pronoms compléments d'objet?

Dans une phrase à l'impératif négatif, où met-on les pronoms compléments d'objet?

Quel est l'ordre des pronoms?
Qu'est-ce qui vient d'abord? L'objet direct ou l'objet indirect?

G. Mettez ces ordres à la forme négative.

Exemple
Montre-le-lui.
Ne **le lui** montre pas.

1. Envoyez-la-leur.
2. Dis-la-lui.
3. Donnez-les-leur.
4. Offre-le-lui.
5. Chantez-la-leur.
6. Ecris-la-lui.
7. Expliquez-les-leur.
8. Apporte-les-lui.

H. Donnez l'ordre au négatif. Remplacez les mots en caractères gras par des pronoms.

Exemple
Je veux le dire **à ma mère.**
Mais non! Ne **le lui** dis pas!

1. Je veux la montrer **à Kathy.**
2. Je veux lui dire **la vérité.**
3. Je veux les envoyer **à mes amis.**
4. Je veux leur donner **les réponses.**
5. Je veux l'expliquer **aux élèves.**
6. Je veux leur offrir **l'occasion de répondre.**
7. Je veux les apporter **à mon père.**
8. Je veux lui expliquer **la différence.**

S F

1 A l'Hallowe'en en 1938, des milliers d'Américains ont écouté une émission à
la radio — «Invasion from Mars», inspirée du roman, *The War of the Worlds*,
de H.G. Wells. L'émission était tellement réaliste que beaucoup de gens l'ont   *tellement so*
crue. Terrifiés, ils ont quitté leurs maisons en masse pour échapper aux
5 Martiens qui attaquaient.

C'était une histoire, une fantaisie. Pourquoi l'ont-ils crue? Ces milliers
d'Américains ont cédé au pouvoir irrésistible de la science-fiction où tout
devient possible.

Comment sera le monde dans 20, 50, 100 ans? Qu'est-ce que nous man-
10 gerons? Qu'est-ce que nous porterons? Travaillerons-nous? Aurons-nous des
enfants où les achèterons-nous au supermarché? Ces enfants, iront-ils à
l'école? Qu'est-ce qu'ils feront pour se divertir? Comment chaufferons-nous
nos maisons? Aurons-nous des maisons ou vivrons-nous sous la mer, sous la
terre, ou dans l'espace sur une planète pas encore découverte? Saurons-nous
15 comment vivre jusqu'à l'âge de 150 ans ou est-ce que le monde comme nous   *jusqu'à until*
le connaissons existera toujours?

Personne ne peut savoir l'avenir, mais beaucoup d'écrivains de
science-fiction essaient de le prédire. Forts en sciences et doués d'une vive   *doués d'une*
imagination, ces écrivains nous invitent à examiner le présent et à nous   *vive imagina-*
                                                                                    tion gifted
20 poser des questions sur l'avenir, surtout la question «Qu'est-ce qui arrivera si   *with a lively*
...?» Ils sont sensibles aux forces de la société qui nous menacent, aux   *imagination*
problèmes que nous avons à résoudre et aux faiblesses humaines qui risquent   *faiblesses*
                                                                                    weaknesses
de nous détruire. Comme un miroir impitoyable, leurs romans révèlent la   *impitoyable*
société d'aujourd'hui et la société comme elle sera si nous ne prévoyons pas   *merciless, piti-*
                                                                                    less
25 maintenant les conséquences de nos actions.

L'homme de science avec toutes ses inventions est un personnage qui   *prévoyons*
revient souvent dans la science-fiction. Nous sommes des inventeurs par   *foresee*
excellence. Nous inventons un tas de choses pour nous aider et pour nous
rendre la vie plus facile — les pesticides, l'énergie nucléaire, les robots, les
30 ordinateurs, les drogues miraculeuses. Nos médecins sont capables de prolonger la vie, même de la créer au labo. Ils font des transplantations com-
pliquées; ils fabriquent des organes et des membres artificiels; ils cherchent à   *membres ar-*
                                                                                    tificiels artificial
combattre toutes les maladies. Nous essayons de contrôler et de changer la   *limbs*

nature — le climat, le fonctionnement de nos corps, les fruits de la terre et les
35 fruits de la mer. Mais devons-nous le faire? Avons-nous le droit d'être tout-
puissants? Nos accomplissements scientifiques, sont-ils en réalité
dangereux? Est-ce que le jour viendra où nous serons les victimes de ce que
nous avons créé?

L'univers est immense — un grand inconnu qui a beaucoup de secrets.
40 Nous ne réussirons jamais à tout contrôler. Et si la vie existe sur d'autres
planètes, on peut être certain que nous ne serons jamais tout-puissants. Un
jour, les terrestres et les extra-terrestres se rencontreront. Où? Quand? Est-ce
que la vie sur la Terre deviendra tellement insupportable que nous aurons
besoin d'autres territoires à coloniser? Est-ce que les extra-terrestres auront
45 besoin un jour de nous contacter? A quoi ressembleront-ils? Qu'est-ce qui se
passera le jour où nous nous verrons pour la première fois? Les histoires
d'exploration spatiale et de voyages dans des mondes imaginaires essaient
de répondre à ces questions.

Mais il y a toujours une question à laquelle personne ne peut répondre:
50 Arriverons-nous à construire dans l'espace un monde meilleur que le monde
que nous avons construit ici sur la Terre?

insupportable
unbearable

à laquelle to
which

108

Compréhension

A. Complétez les phrases en choisissant une des réponses données.

1. H.G. Wells était . . .
2. *War of the Worlds* est . . .
3. Des milliers d'Américains ont cru l'émission «Invasion from Mars» parce qu' . . .
4. D'habitude, un écrivain de science-fiction est . . .
5. Beaucoup d'écrivains de SF essaient de . . .
6. Pour décider comment sera le monde dans 20, 50, 100 ans, ces écrivains . . .
7. Un personnage souvent exploré dans la science fiction est . . .
8. Les pesticides, l'énergie nucléaire, les ordinateurs, les robots sont . . .
9. Malheureusement, nos inventions et nos accomplissements scientifiques sont . . .
10. Si la vie existe sur d'autres planètes ou ailleurs dans l'univers . . .

a) fort en sciences et doué d'une vive imagination.
b) des inventions qui nous aident beaucoup.
c) elle était très réaliste.
d) un écrivain de science-fiction.
e) examinent la société d'aujourd'hui et imaginent ce qui se passera dans l'avenir si nous continuons à faire ce que nous faisons maintenant.
f) le titre d'un roman de science-fiction.
g) l'homme scientifique avec toutes ses inventions.
h) prédire l'avenir.
i) on peut être certain que nous ne serons jamais tout-puissants.
j) souvent dangereux.

Un avion rencontre un OVNI

Le fouinard

A. Les objets suivants font partie de notre vie quotidienne. Ajoute d'autres mots à cette liste et décide quelles choses existeront et quelles choses n'existeront plus dans 100 ans. Dis pourquoi.

le disque	l'église
le stylo	le revolver
les cigarettes	l'avion
le journal	les vêtements
l'auto	l'ordinateur
la clé	le four
le téléphone	la campagne

B. Réponds aux questions suivantes.
Imagine que/qu'

1. tu as l'occasion de faire un tour dans l'espace avec des astronautes. Accepteras-tu de les accompagner?
2. un extra-terrestre frappe à ta porte. Qu'est-ce que tu vas faire?
3. tu peux acheter un robot pour t'aider à la maison. Qu'est-ce que tu vas lui demander de faire?
4. tu peux vivre dans n'importe quelle année dans le passé ou dans l'avenir. Quelle année choisiras-tu?
5. tu peux savoir la date, l'heure et les circonstances de ta mort. Veux-tu les savoir?
6. tu as la capacité d'être invisible. Quels sont les avantages de cette situation?
7. tu as la capacité de vivre pour toujours. Quels sont les désavantages de cette situation?
8. tu peux éliminer de la Terre une chose qui s'est montrée dangereuse ou inutile. Qu'est-ce que tu élimineras?
9. tu peux améliorer le dessin et le fonctionnement du corps humain. Quels changements y feras-tu?
10. tu peux choisir le sexe de tes enfants. Veux-tu le faire?

A ton avis

Réponds «Non, jamais», «Oui, pendant ma vie» ou «Oui, après l'année 2100» aux questions suivantes.

Est-ce que le jour viendra où

1. nous serons visités par des extra-terrestres?
2. nous parlerons une seule langue partout sur la Terre?
3. nous vivrons dans des villes sous la mer et sous la terre?
4. plus de gens vivront dans l'espace que sur la Terre?
5. nous passerons nos vacances sur la Lune?
6. les écoles n'existeront plus. Nous apprendrons tout à la maison à l'aide d'un ordinateur?
7. nous ne travaillerons plus? Les machines feront tout pour nous?
8. nous serons capables de contrôler le climat?
9. nous garderons pour toujours la jeunesse et la bonne santé?
10. les ordinateurs et les robots remplaceront nos médecins?
11. la Terre n'existera plus?
12. ?

A faire et à discuter

1. Imaginez qu'un extra-terrestre visite la Terre et qu'il vous parle. Quelles questions va-t-il poser? Comment répondrez-vous à ses questions?
2. Un extra-terrestre cherche pour un musée trois objets qui symbolisent bien la vie sur la Terre. Qu'est-ce que vous allez lui donner?
3. Faites des dessins du monde dans 500 ans.
4. Si la vie existe sur d'autres planètes, à quoi ressemble-t-elle? Les extra-terrestres, sont-ils plus intelligents et avancés que nous? Quand est-ce que nous les rencontrerons pour la première fois? Qu'est-ce qui se passera?
5. Avez-vous jamais lu un roman de science-fiction? Si oui, présentez-le à la classe.

B. Exprimez les phrases suivantes d'une autre façon en éliminant le participe présent.

Exemple
Il est tombé du lit **en dormant.**
Pendant qu'il dormait, il est tombé du lit.

1. Je me suis bien amusé **en regardant** cette émission.
2. Christine s'est endormie **en se reposant.**
3. L'enfant a pleuré **en détruisant** son château de sable.
4. Marie s'est brûlé la main **en chauffant** le lait.
5. Jean-Paul s'ennuyait **en lisant** le roman.
6. Michèle est devenue fâchée **en faisant** ses devoirs.
7. L'oiseau a chanté **en se regardant** dans le miroir.
8. Le professeur a eu un tas de problèmes **en préparant** les exercices de mathématiques.

C. Mettez ces phrases à l'imparfait d'après l'exemple.

Exemple
Nous **mangerons** à six heures du soir?
Pourquoi pas? Nous **mangions** toujours à six heures du soir autrefois.

1. Ils **viendront** à l'heure?
2. Les élèves **se sentiront** à l'aise avec le directeur?
3. On **ira** au cinéma samedi soir?
4. Jacqueline **saura** toutes les réponses?
5. Nous **pourrons** goûter le plat de fruits de mer?
6. Il y **aura** assez d'espace?
7. Elle **voudra** présenter les vedettes aux élèves?
8. Madeleine **sera** sensible à nos besoins?
9. On **vendra** les billets le soir du spectacle?

10. Elle **finira** la présentation à neuf heures et demie?

D. Qu'est-ce qu'on dit dans les cas suivants? Employez les ordres négatifs ou affirmatifs dans vos réponses. Utilisez le(s) verbe(s) entre parenthèses dans la réponse.

Exemple
Votre père donne une revue à votre soeur. Elle ne la veut pas, mais vous la voulez. (donner)
Vous dites: Ne la lui donne pas; donne-la-moi, s'il te plaît.

1. Un ami donne ses disques à votre frère; vous voulez les écouter aussi. (donner)
2. Votre frère lit votre bulletin; ensuite, il le donne à vos parents. Vous n'êtes pas du tout content! (lire, donner)
3. Votre soeur indique à votre père les fautes que vous avez faites dans vos devoirs. Vous voulez les connaître aussi. (indiquer)
4. Votre soeur montre ses photos à vos amis; vous voulez les voir aussi. (montrer)
5. Votre mère apporte un verre de lait à votre frère; il ne le veut pas, mais vous le voulez. (apporter)

E. Fais une interview avec un(e) élève de la classe. Choisis quelques suggestions de la liste suivante et demande:
a) ce qu'il (elle) pense de cette école et de cette classe.
b) ce qu'il (elle) pense de sa famille.
c) ce qu'il (elle) pense de la musique pop.
d) ce qu'il (elle) pense de la nourriture qu'on sert à la cafétéria.
e) ce qu'il (elle) pense des émissions à la télé.
f) ce qu'il (elle) pense de son avenir.
g) ce qu'il (elle) pense des ordinateurs.

h) ce qui est très important dans sa vie.
i) ce qui est important pour l'avenir de notre monde.
j) ce qui est dangereux pour l'avenir de notre monde.

Exemples
Qu'est-ce que tu penses de cette classe?
Ce que je pense de cette classe? Je l'aime beaucoup.

Qu'est-ce qui est très important dans ta vie?
Ce qui est très important dans ma vie, c'est ma famille.

The moon has long been believed to have a strange effect on people's behaviour and emotions. The celebrated **loups-garous** or werewolves of French Canadian legends were most frequently seen and stalked by the light of the full moon. And if today you should purposefully or accidentally **"courir le loup-garou"** and do strange things you ought not to do, look up to see if the full moon is shining back. It's not surprising to discover that the English word **lunatic** has as its root the French word **lune**, meaning moon.

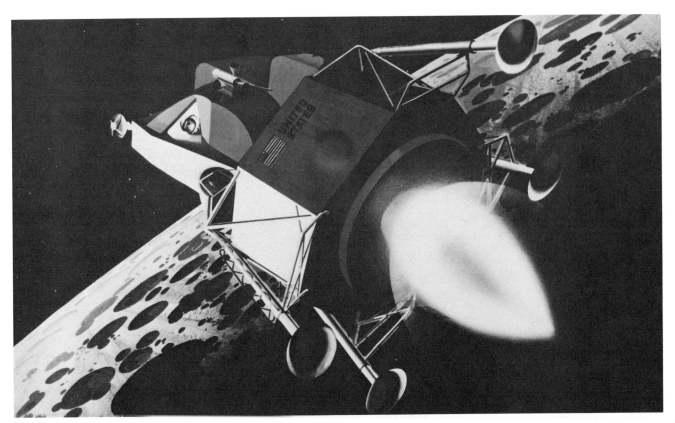

Apollo: un module lunaire

114   *Un plat de fruits de mer*

ENRICHISSEMENT

A. Menu

Entrées et hors-d'oeuvres

Cocktail de crevettes . . . . Coquille St-Jacques . . . .
Escargots de Bourgogne . . . . Pâté maison . . . .
Huîtres Rockefeller . . . . Coeurs d'artichaut . . . .
Saumon fumé . . . .

Potages

Soupe à l'oignon gratinée . . . . Potage maison . . . .
Soupe aux pois . . . . Bisque de homard . . . .

Légumes

Choix de pommes de terre: au four, frites, lyon-   Choux-fleurs gratinés . . . .
naises, purée, anglaises . . . . Epinards au beurre . . . .
Asperges au beurre . . . . Brocolis à la hollandaise . . . .
Champignons sautés au beurre . . . . Fèves au lard . . . .
Haricots verts . . . .

De la broche et du gril

Entrecôte grillée . . . . Côtelettes d'agneau grillées . . . .
Côte de boeuf rôtie au jus . . . . Canard à l'orange . . . .
Filet mignon aux champignons . . . . Lapin sauté chasseur . . . .
Escalope de veau cordon bleu . . . . Poulet rôti . . . .

Poissons et crustacés

Assiette de fruits de mer   Filet de sole de Douvres frit . . . .
   pétoncles, crevettes, langoustines, moules   Truite amandine . . . .
   au riz . . . . Cuisses de grenouille à la crème . . . .
Homard grillé . . . .

Desserts

Mousse au chocolat . . . . Crêpes Suzette . . . .
Crème caramel . . . . Crèmes glacées ou sorbets . . . .
Gâteau forêt noire . . . . Fromages du monde . . . .
Tarte au sirop d'érable . . . .

Exercices

1. En regardant ce menu, commandez un repas complet.
   Garçon: **Qu'est-ce que vous prenez** . . .?
   Client: **Je vais prendre** . . .
2. Qu'est-ce que la phrase **Apportez-moi l'addition, s'il vous plait** veut dire?
3. Comment est-ce qu'on dit **More coffee, please**?
4. D'habitude **le service n'est pas compris.** Si votre repas coûte $40.00, combien laisserez-vous comme **pourboire**?
5. Comment voulez-vous votre entrecôte — **saignante, à point**, ou **bien cuite**?
6. Quel plat sur le menu n'avez-vous jamais mangé?
7. Quel plat sur le menu n'aimez-vous pas?
8. Quels plats sur ce menu sont du poisson ou des fruits de mer?
9. Qu'est-ce que vous allez prendre si vous suivez un régime?

B. Opérations bancaires

BANQUE CANADIENNE IMPÉRIALE DE COMMERCE
⑥

LES GALERIES JOLIETTE
JOLIETTE, P.Q.

13 janvier 19 *81* ①

PAYEZ À
L'ORDRE DE *Francine Daoust* ② $ *100.00* ③

④   *Cent* — $\frac{00}{100}$ DOLLARS

COMPTE
DE CHÈQUES *12-21833*   *Yvon Laferrière* ⑤

⑉0508⑉⑉0⑉0⑉⑉

17F-80

BANQUE DE COMMERCE
CANADIENNE IMPÉRIALE

				TOTAL DES ESPÈCES	
5 X 1	*5*	00			
3 X 2	*6*	00	CHÈQUES ET COUPONS		
2 X 5	*10*	00	(Au besoin en dresser la liste au verso)		
4 X 10	*40*	00			
2 X 20	*40*	00			

DATE: *19 jan. 1981*   NUMÉRO DE COMPTE: *48-9962*

CRÉDITER LE COMPTE DE

X					
MONNAIE					

ESPÈCES REÇUES · SIGNATURE
Yvon Laferrière

TOTAL PARTIEL *101* 00
MOINS ESPÈCES REÇUES
DÉPÔT NET ▶ *101* 00

DÉPÔT - COMPTES PERSONNELS À CETTE SUCCURSALE   PARAFE DU DÉPOSANT *Y.L.*

DATE	DÉTAILS	RETRAITS	DÉPÔTS	SOLDE
JUI 26:81	PAY		****800.00	***1308.10
JUI 26:81	AD	*****50.00		
JUI 26:81	PIP	******5.00		
JUI 26:81	VP	****50.00		
JUI 26:81	VH	****50.00		
JUI 26:81	INT		*****5.00	***1158.10
JUI 26:81	INR	*******.50		
JUI 26:81	FSP	****10.00		
JUI 26:81	IND	******2.00		
JUI 26:81	CRT	******2.35		
JUI 26:81	FS	******8.50		
JUI 26:81	CPN		****32.01	***1166.76
JUI 26:81	DPP		****60.00	***1226.76
JUI 26:81	AC		****20.00	***1246.76

Exercices

A. Remplacez les tirets par les mots suivants.

compte/dépôt/retrait/solde/chèque

1. Quand on a de l'argent et on veut le garder et toucher des intérêts, on va à la banque ouvrir un _____ .

2. Quand on met de l'argent à la banque, on fait un _____ .

3. Quand on retire de l'argent de la banque, on fait un _____ .

4. Le _____ indique combien d'argent on a présentement à la banque.

5. On fait un _____ à quelqu'un au lieu de lui donner de l'argent comptant.

VOCABULAIRE ACTIF

Noms (masculins)
l'avenir
le caractère
l'écrivain
l'espace
les extra-terrestres
les fruits de mer
le millier
l'ordinateur
le pouvoir
le roman

Noms (féminins)
la fusée
la mer
la planète

Verbes
céder
chauffer
construire
détruire
se divertir
fonctionner
prédire
résoudre

Adjectifs
étroit, -e
large
puissant, -e
sensible

Adverbes
surtout

Expressions
un tas de

UNITÉ 4

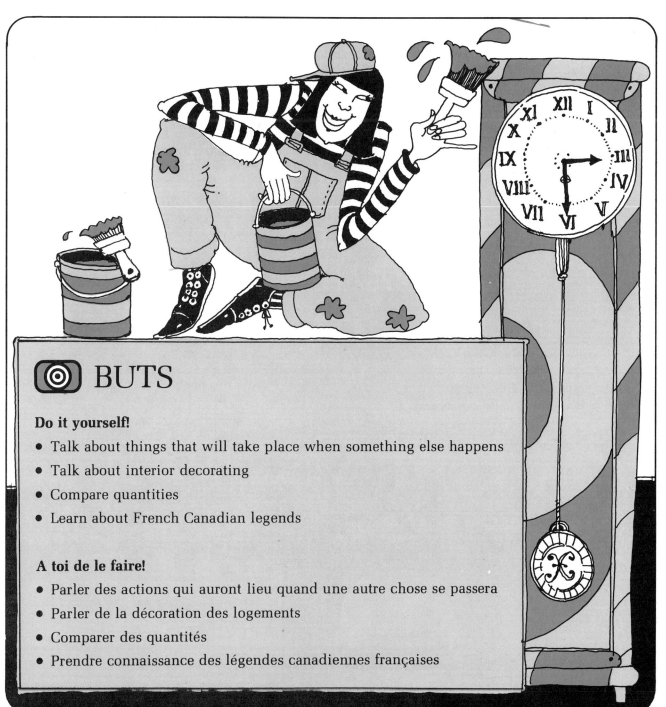

⊚ BUTS

Do it yourself!

- Talk about things that will take place when something else happens
- Talk about interior decorating
- Compare quantities
- Learn about French Canadian legends

A toi de le faire!

- Parler des actions qui auront lieu quand une autre chose se passera
- Parler de la décoration des logements
- Comparer des quantités
- Prendre connaissance des légendes canadiennes françaises

119

VOCABULAIRE I

1. Henri-Paul **renverse** son verre de lait sur le **tapis.**

2. Henri-Paul se cache derrière les **rideaux** et les **déchire.**

3. Henri-Paul écrit son nom sur les **meubles** recouverts de **poussière.**

120

4. Henri-Paul monte sur le piano et laisse les empreintes de main sales sur le **mur** et sur le **plafond.**

5. Henri-Paul joue avec un **piège** à souris. Il est vraiment **insupportable,** ce garçon!

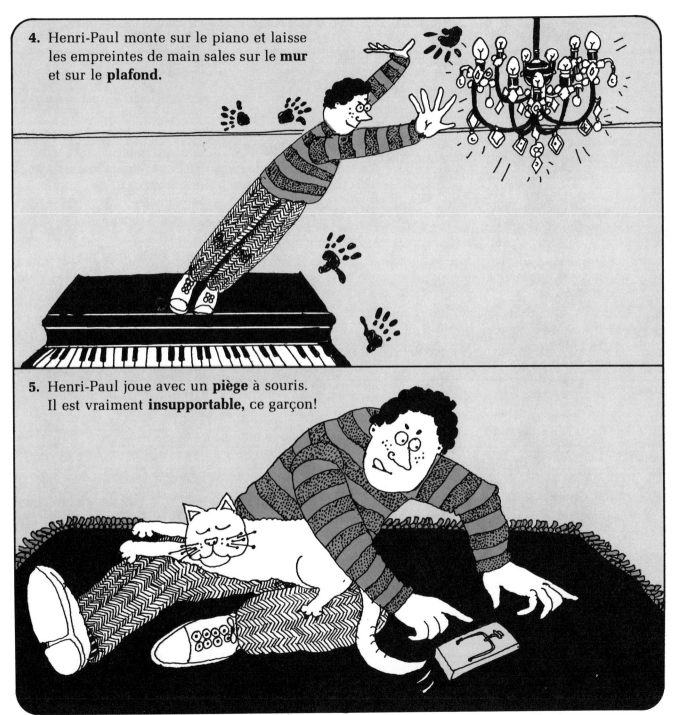

Exercices

A. Répondez aux questions suivantes.

1. Qu'est-ce qu'Henri-Paul renverse?
   Où est-ce qu'il le renverse?
2. Où est-ce qu'Henri-Paul se cache?
   Qu'est-ce qu'il fait en se cachant?
3. Où est-ce qu'Henri-Paul écrit son nom?
   Les meubles sont-ils bien propres?
4. Où est-ce qu'Henri-Paul laisse des empreintes de main sales?
   Comment réussit-il à toucher le plafond?
5. Avec quoi est-ce qu'Henri-Paul joue?
   Est-ce que ce garçon est adorable ou insupportable?

B. Vous déménagez. Trois hommes forts vous aident. Dites-leur où mettre les choses suivantes. Remplacez les tirets par un des mots donnés.

meubles/mur/poussière/plafond/tapis/rideaux

1. Le _____ bleu? Mettez-le dans la salle à manger sur le plancher.
2. Les _____ rouges? Mettez-les dans ma chambre. Les fenêtres sont énormes.
3. Ces _____ ? Mettez le sofa au milieu du salon et la chaise et la table devant la fenêtre.
4. Ces livres? Mettez-les au sous-sol mais n'y descendez pas si vous êtes allergique à la _____ . Il est très sale.
5. Ce lit? Mettez-le dans ma chambre contre le _____ .
6. Cette lumière? Suspendez-la au _____ dans l'entrée.

C. Quel mot du nouveau vocabulaire veut dire

1. faire tomber?
2. mettre en morceaux?
3. difficile à supporter, très désagréable?
4. un instrument qui sert à attraper un animal?

D. De temps en temps, les accidents arrivent, et l'on se fâche. Qui sera fâché si

1. tu renverses et casses une assiette qui était à ta grand-mère?
2. à l'école, un ami renverse une bouteille de ketchup sur tes cahiers et tes vêtements?
3. au restaurant, tu renverses ton dîner sur le plancher?
4. l'auto de ton père renverse la motocyclette d'un agent de police?
5. tu déchires ton pantalon?
6. on a déchiré les pages de ton livre de français?
7. ta mère déchire la photo d'un groupe pop qu'un de tes amis a oubliée chez toi?
8. tu déchires ton bulletin?
9. ton petit frère dessine sur les murs de l'école?
10. tu laisses les empreintes de pas sales sur le tapis du salon?

PROVERBE

Quand tu seras à Rome agis comme les Romains.

Les jeunes Québécois font de la tire

123

A.

haut *n.m.* le sommet, la partie supérieure; dimension dans le sens vertical

Cet arbre a trois mètres de **haut.**

bas *n.m.* la partie inférieure

Signez votre nom au **bas** de la page sous la dernière question.

haut, -e *adj.* élevé, grand

La tour CN à Toronto est la tour la plus **haute** du monde.

bas, basse *adj.* peu élevé, petit

Le plafond de cette vieille maison est **bas.**

haut *adv.*

Parlez **haut** et fort quand vous répondez.

bas *adv.*

L'avion vole de plus en plus **bas** dans le ciel.

en haut, en bas

Deux familles partagent cette maison. Les Maclin habitent **en haut**. Les Fraser habitent **en bas.**

de haut en bas

Ma mère m'a regardé **de haut en bas** quand j'ai mis cette robe ce matin. Elle ne l'aime pas du tout.

B.

chaleur *n.f.* état de ce qui est chaud, température élevée, temps chaud

Il fait très chaud ici en été. La **chaleur** est souvent insupportable.

bouleversé *adj.* étonné, surpris, choqué, agité

J'ai appris ce matin que ma grand-mère est très malade. Je suis complètement **bouleversé.**

étrange *adj.* bizarre, mystérieux, extraordinaire

J'ai entendu un bruit **étrange** dans le sous-sol.

approcher *v.* mettre une chose près d'une autre

Approchez votre chaise du feu. Il fait froid dans cette cabane.

s'approcher (de) *v.* venir plus près de quelqu'un ou de quelque chose

Approchez-vous, s'il vous plaît. J'ai envie de vous parler.

Exercices

A. Employez la forme convenable de **haut** et **bas** dans les phrases suivantes.

1. Ces montagnes sont très _____ . Il y a de la neige au sommet.
2. Si tu t'asseois sur cette petite chaise _____ , tu ne vas rien voir.
3. Regardez plus _____ et vous verrez l'oiseau qui chante.
4. Mon père dort. Parlez plus _____ , s'il vous plaît.
5. En _____ de cette colline, il y a un grand château.
6. Le _____ de son pantalon est déchiré.
7. Cet arbre a trois mètres de _____ .
8. J'ai besoin d'une échelle pour laver les fenêtres d'en _____ .
9. Ma mère est en _____ dans sa chambre. Mes petits frères sont en _____ , en train de jouer au ping-pong.
10. Le directeur m'a regardé de _____ en _____ avant de me parler.

B. Complétez les phrases en employant un mot du nouveau vocabulaire.

1. Mon père a gagné à la loterie. Il est complètement _____ .
2. Il préfère le froid de l'hiver à la _____ de l'été.
3. La musique de ce groupe est bien _____ .
4. _____ votre chaise de la lumière pendant que vous lisez.
5. Vous êtes plus grand que moi? _____ _____ de moi. On va voir.
6. J'ai peur quand il _____ de moi.
7. Tu peux toujours _____ ton lit du mur pour avoir plus d'espace dans ta chambre.
0. Quand je _____ d'elle, j'ai remarqué qu'elle pleurait.

C. Vive l'imagination! Continue, s'il te plaît!

1. Je suis bouleversé quand
   a) mon père me demande de rentrer après minuit.
   b) mon médecin m'offre une cigarette.
   c) un voleur me donne de l'argent.
   d) ?
2. C'est bien étrange quand
   a) on regarde la télé sans écouter le son.
   b) on danse sans musique.
   c) on mange des petits pois avec un couteau.
   d) ?
3. Le professeur regarde de haut en bas un(e) élève qui
   a) porte ses lunettes solaires en classe.
   b) arrive en classe avec tous ses devoirs complétés.
   c) s'endort en écrivant une phrase au tableau.
   d) ?
4. Je ne m'approche jamais
   a) d'un lieu d'accident de voiture.
   b) d'un chien sauvage.
   c) d'un homme qui vient de manger beaucoup d'oignons.
   d) ?

 # VOCABULAIRE III

1. L'**horloge** indique qu'il est minuit.
Les yeux du chat **brillent** dans le noir.

2. Tout à coup, le téléphone **sonne.**
Terrifiée, Odette se réveille.

3. Lentement, Odette descend l'**escalier.**
Quelqu'un **frappe** à la porte.

4. C'est Raphael, son frère, qui lui **joue un tour!**

5. Mme Rimbaud porte un **collier** de perles.
Elle a une grosse **bague** de diamants à chaque **doigt.**

Exercices

A. Répondez aux questions suivantes.

1. Comment sait-on qu'il est minuit?
   Où est le chat?
   Décris les yeux du chat.
2. Qui dort dans cette chambre?
   Pourquoi est-ce qu'elle se réveille?
   Se sent-elle bien à l'aise?
3. Qu'est-ce qu'Odette fait?
   Qu'est-ce qu'elle entend en bas?
4. Qui frappe à la porte?
   Pourquoi y frappe-t-il?
5. Qu'est-ce que Mme Rimbaud porte autour du cou?
   Qu'est-ce qu'elle porte à chaque doigt?

B. Qu'est-ce que c'est? Trouvez les réponses dans le nouveau vocabulaire.

1. On en a quatre et un pouce à chaque main.
2. On le porte autour du cou.
3. On la porte à la main gauche si on est marié.
4. On la regarde pour savoir l'heure.
5. On le monte ou le descend.

C. Remplacez les tirets par un mot du nouveau vocabulaire.

1. Tout ce qui _____ n'est pas or.
2. Il y a une grande _____ à la gare qui indique les heures d'arrivée et de départ des trains.
3. Le reveil-matin _____ . Je dois sortir du lit.
4. Ma petite soeur a laissé ses jouets dans l' _____ et ma grand-mère a marché sur un petit camion et elle est tombée.
5. Quelqu'un _____ à la porte. Je suis occupé. Peux-tu voir qui c'est?

6. Le 1er avril, nous jouons toujours un _____ à nos parents.
7. J'achète un _____ de perles comme cadeau d'anniversaire pour ma mère.
8. Ma mère a perdu sa _____ en faisant la vaisselle.
9. Le petit enfant s'est pris les _____ dans la porte de l'auto. Il a beaucoup pleuré.

D. Réponds à ces questions personnelles.

1. Qu'est-ce que tu trouves insupportable à l'école et à la maison?
2. Es-tu allergique à la poussière?
3. Quels meubles sont dans le salon chez toi?
4. Combien de lumières y a-t-il au plafond de cette salle de classe?
5. Qu'est-ce qu'il y a aux murs de ta chambre? De cette salle de classe?
6. Quand fermes-tu les rideaux de ta chambre?
7. Chez toi, est-ce que ta chambre est en haut ou en bas?
8. Préfères-tu le froid de l'hiver ou la chaleur de l'été?
9. Quand le téléphone sonne chez toi, es-tu déçu(e) si l'appel n'est pas pour toi?
10. D'habitude, prends-tu l'escalier ou l'ascenseur pour monter trois étages (floors)?
11. Portes-tu une bague? Qui te l'a donnée?
12. Es-tu fâché(e) si les autres membres de ta famille entrent dans ta chambre sans frapper?
13. Peux-tu dormir s'il y a une horloge dans ta chambre?
14. Joues-tu des tours le 1er avril?

 STRUCTURES

Quand, lorsque, dès que, aussitôt que + le futur

Le travail d'équipe dans la classe de sciences

1. Nicole et Marc commenceront l'expérience **quand** les matériaux **seront** prêts.

2. **Lorsque** Nicole **ajoutera** les cristaux au liquide, Marc notera l'heure exacte. Marc chauffe le liquide.

3. **Dès que** le liquide **commencera** à changer de couleur, Nicole notera de nouveau l'heure.

4. **Aussitôt que** le liquide **changera** de couleur, ils feront leurs dernières observations.

Observation grammaticale

Quand elle le **reverra**, elle sera contente.
Colette partira **lorsque** sa mère l'**appellera**.
Dès qu'il **arrivera,** tout le monde applaudira.
Téléphone-lui **aussitôt que** tu **rentreras.**

Quel est le temps de l'action des propositions qui commencent par **quand, lorsque, dès que** et **aussitôt que** dans les phrases ci-dessus?

Pourquoi alors emploie-t-on le futur après ces mots dans ce cas?

Exercices

A. Remplacez les tirets par le verbe entre parenthèses, et mettez-le à la forme qui convient.

Exemple
Quand il _____ prêt, nous sortirons. (être)
Quand il **sera** prêt, nous sortirons.

1. Je t'expliquerai la réponse aussitôt que je la
   _____ . (savoir)
2. Il viendra quand il _____ . (pouvoir)
3. Lorsque je le _____ , je lui donnerai ton
   message. (voir)
4. Envoie-nous les photos dès que tu les
   _____. (avoir)
5. Quand elle _____ au marché, nous l'ac-
   compagnerons. (aller)
6. Dès qu'il _____ ses études, il deviendra
   avocat. (finir)
7. Aussitôt que vous _____ le temps, venez
   chez nous. (avoir)
8. Lorsque nous _____ acheter nos livres,
   nos parents nous donneront de l'argent.
   (vouloir)

9. Aussitôt que tu _____ , je viendrai chez
   toi. (appeler)
10. Nous serons contents quand elle _____.
    (revenir)

B. Combinez les phrases suivantes en utilisant
a) **quand** et b) **dès que.**
Ecrivez les phrases au futur.

Exemple
Il arrive. Nous mangeons.
Quand il **arrivera**, nous **mangerons**.
Dès qu'il **arrivera**, nous **mangerons**.

1. Le professeur arrive. La classe commence.
2. Nous finissons nos devoirs. Nous sommes
   fatigués.
3. Il vend sa motocyclette. Il a beaucoup d'argent.
4. Je vois le directeur. J'ai peur.
5. Vous partez en vacances. Vous avez besoin
   d'argent.
6. Ils ont le temps. Ils choisissent la musique
   pour le concert.
7. Je sais la réponse. Je la dirai à Jeanne.
8. Il rentre. Tu lui parles.

129

C. Substituez **quand** à **si** dans les phrases suivantes et faites les changements nécessaires.

Exemple
Si Rose-Marie part en Europe, nous ne la verrons plus.
Quand Rose-Marie **partira** en Europe, nous ne la verrons plus.

1. Si vous entendez quelque chose, dites-le-nous tout de suite.
2. S'il a le temps, il viendra nous voir.
3. Si nous avons besoin d'argent, nous irons à la banque.
4. Si tu sais la réponse, dis-la-moi.
5. Si vous êtes fatigué, reposez-vous.
6. Si vous arrivez demain, téléphonez à David.
7. Si je vais au supermarché, j'achèterai des pommes.
8. Si les élèves finissent l'exercice, ils pourront partir.

 En garde!

Ce soir, nous dînerons **dès que** nos parents **rentreront.**
D'habitude, nous dînons le soir **dès que** nos parents **rentrent.**

Remarquez qu'avec une action habituelle on emploie le présent après **quand, lorsque, dès que** et **aussitôt que.**

D. Remplacez les tirets par le verbe entre parenthèses et mettez-le au présent ou au futur selon le cas.

Exemple
Quand il _____ nous voir, nous sommes toujours très contents. (venir)
Quand il **vient** nous voir, nous sommes toujours très contents.

1. D'habitude, nous sommes à table quand il _____ . (téléphoner)
2. Je te verrai lorsque tu _____ encore chez Michel. (être)
3. Viens chez nous quand tu _____ de tes vacances. (rentrer)
4. Il téléphone à sa mère chaque soir quand il _____ du travail. (rentrer)
5. Lorsqu'il me _____ , il me dit toujours bonjour. (voir)
6. Nous les voyons chaque soir quand ils _____ . (se promener)
7. Je lui parlerai dès que je le _____ demain. (voir)
8. Ecris-moi aussitôt que tu _____ à Paris. (arriver)

E. Complète ces phrases comme tu veux.

1. Lorsque j'arriverai chez moi ce soir, je . . .
2. Aussitôt que je finirai mes études à cette école, je . . .
3. Quand j'aurai le temps, je . . .
4. Quand j'aurai vingt-cinq ans, je . . .
5. Mes parents seront contents quand je . . .
6. Mon professeur sera content quand . . .
7. Je deviendrai _____ dès que je . . .
8. J'achèterai _____ quand . . .

130

Les expressions négatives **ne ... que, ne ... aucun, ne ... personne**

1. Mes parents ont acheté une nouvelle maison, mais franchement je ne l'aime pas. Elle est trop petite.

2. Il **n'**y a **qu'**une salle de bains.

3. Il **n'**y a **aucune** possibilité d'avoir ma propre chambre.

4. Je **ne** connais **personne. Personne ne** me parle et je **ne** parle **à personne.**

Observation grammaticale

Moi, j'ai seulement un frère et Louis, lui aussi, il **n**'a **qu**'un frère.
Où sont mes clefs? Je **n**'ai **aucune** idée!
Elle n'est pas très aimable. Elle **ne** parle **à personne.**

Quelle est l'expression négative qui veut dire **seulement?**

Est-ce qu'on change **un, une, des** à **de** après l'expression négative **ne . . . que?**

Quelle est l'expression négative qui veut dire **pas un seul?**

Quelle est la forme masculine de **aucune?**

Remarquez que **aucun(e)** est utilisé seulement au singulier.

Dans une phrase avec **ne . . . personne,** que faut-il faire si **personne** est utilisé comme objet indirect?

Exercices

A. Exprimez ces phrases en substituant **ne . . . que** à **seulement.**

Exemple
Il a **seulement** un cahier.
Il **n**'a **qu**'un cahier.

1. Leur maison a seulement une horloge.
2. Le bébé a seulement une dent.
3. M. Poirier reçoit seulement une revue par mois.
4. Les élèves écrivent seulement une composition par semaine.
5. J'achète seulement un tapis de ce magasin.
6. Maurice a seulement deux frères.
7. Il y a seulement des filles dans cette classe.
8. Cette chambre a seulement une fenêtre.

B. Répondez à ces questions selon l'exemple en utilisant **ne . . . aucun(e).**

Exemple
Il **n**'y a **pas de chaises** dans cette salle de classe?
Non, il n'y a **aucune chaise** dans cette salle de classe.

1. Il n'y a pas de fenêtres dans cette chambre?
2. Elle n'a pas de disques?
3. Il n'y a pas de fautes dans cet exercice?
4. Il ne porte pas de bague?
5. Il n'y a pas de tapis dans le salon?
6. Ce garçon n'a pas d'amies?
7. Il n'y a pas d'assiettes propres?
8. Elle ne fait pas de bruit?

C. Répondez aux questions suivantes en utilisant **ne . . . personne** dans la réponse.

Exemple
A qui dit-elle la nouvelle?
Elle **ne** dit la nouvelle **à personne.**

1. A qui écrit-il?
2. A qui répondez-vous?
3. A qui promet-il le poste?
4. A qui chantes-tu?
5. A qui donnez-vous l'argent?
6. A qui vend-elle cette robe?
7. A qui montre-t-il les photos?
8. A qui remets-tu le rapport?

D. Mettez les phrases suivantes au négatif en remplaçant les mots en caractères gras par **ne . . . que, ne . . . aucun(e)** ou **ne . . . personne** selon le cas.

Exemple
Henri envoie la lettre à **Lucille.**
Henri **n'** envoie la lettre à **personne.**

1. Marcel donne la réponse à **Francine.**
2. Il **n'**y a **pas un seul** téléphone chez les Bondy.
3. Elle a **seulement** un collier en or.
4. Edouard montre ses dessins à **Marie.**
5. Il **n'**y a **pas une seule** bague que j'aime dans ce magasin.
6. Les Vachon ont **seulement** deux enfants.
7. Il **n'**y a **pas une seule** fille dans ma classe.
8. Il **n'**y a **pas une seule** lettre pour moi.

 En garde!

Comparez:
Louise **n'**a **pas** acheté de robe.
Louise **n'**a acheté **qu'**une robe.

Je **n'**ai **jamais** lu son roman.
Je **n'**ai lu **aucun** roman de cet auteur.

Elle **ne** veut **rien** dire.
Elle **ne** veut le dire **à personne.**

Quelle est la place des expressions négatives **ne . . . pas, ne . . . rien** et **ne . . . jamais** dans les phrases au passé composé ou dans les phrases à deux verbes?

Et la place de **ne . . . que, ne . . . aucun(e)** et **ne . . . personne** dans les phrases au passé composé ou à deux verbes?

Remarquez que **que** et **aucun(e)** précèdent directement le mot auquel ils se réfèrent.

E. Mettez les phrases suivantes au passé composé. Faites attention à la place du mot négatif.

Exemple
Ils ne nettoient pas les murs.
Ils n'ont pas nettoyé les murs.

1. Elle n'achète qu'une bague.
2. Il ne monte jamais cet escalier.
3. Madeleine ne porte aucun collier.
4. On ne trouve jamais de poussière dans cette maison.

133

5. Les élèves n'écrivent qu'un examen.
6. Le téléphone ne sonne plus.
7. Il ne fait aucune faute.
8. Les enfants ne renversent pas les meubles.
9. Jean n'écrit à personne.
10. Anne ne déchire pas cette serviette.

F. Choisissez l'expression qui convient pour compléter chaque phrase.

Exemple
Je n'ai vu _____ hier. (personne, rien)
Je n'ai vu **personne** hier.

1. Il ne s'est _____ cassé le doigt. (aucun, jamais)
2. Elle n'a mangé _____ banane. (aucune, rien)
3. Je n'ai acheté _____ un collier (pas, qu')
4. On n'a _____ frappé à la porte. (pas, rien)
5. Louis n'a écrit à _____. (personne, rien)
6. Après ce match, il n'a _____ joué. (aucun, plus)
7. Je n'ai _____ vu de plus beaux rideaux. (jamais, rien)
8. Ils n'ont eu _____ difficulté. (aucune, rien)

G. Réponds à ces questions.

1. Quand ne parles-tu à personne?
2. Comment te sens-tu quand tu n'as aucun argent?
3. Comment te sens-tu quand tu n'as fait aucune préparation pour un test?
4. Tu as un ami qui a des problèmes personnels, mais il ne veut en parler à personne. Que fais-tu?

A discuter :
5. Vrai ou faux? Il n'y a qu'une bonne réponse à chaque question.
6. Vrai ou faux? Le bonheur n'est qu'un rêve.

134

Have you ever wondered why the term «Mush» is used to get dog sled teams úp and moving? Originally, the command given by the French fur trappers and traders was «Marchons!» or, more intimately, «Marche!». We have altered it through the years but remembered it just the same.

CHER JOURNAL

Un homme est venu à l'école aujourd'hui pour assister au cours d'anglais. Je ne me souviens pas de son nom, mais je me souviens bien de son regard sévère. Pendant tout le cours, il a pris des notes dans un petit cahier. Mme Bancroft se sentait mal à l'aise. Elle nous a défendu de parler, même de chuchoter et j'ai remarqué que ses mains tremblaient pendant qu'elle écrivait au tableau. J'ai fait de mon mieux pour bien répondre à ses questions. J'aime Mme Bancroft et j'essaie toujours de lui plaire. Malheureusement, je ne suis pas fort en anglais et les autres élèves n'osaient pas ouvrir la bouche!

Mme Bancroft a décidé de nous donner une dictée. Immédiatement, Marie-Louise est sortie pour aller aux toilettes. Elle n'est jamais revenue. Charles, qui n'avait pas de stylo, en a emprunté un à Marthe. Le stylo n'écrivait pas. Quand Charles s'est levé pour le rendre à Marthe, il a fait tomber deux plantes du bureau du professeur. Les pots se sont cassés. Pour l'instant, personne ne bougeait, puis, tout le monde s'est levé pour ramasser les morceaux. Quelle confusion! Marcel s'est blessé un doigt. Il saignait. Mimi, toujours sensible à la vue du sang, s'est évanouie. A cet instant même, la cloche a sonné et nous sommes partis. Quel désastre!

A l'aide du dictionnaire

Il y a au moins un verbe dans chaque phrase de ce texte. On cherche toujours l'infinitif d'un verbe dans le dictionnaire.

A. Il est facile de chercher les verbes dans le dictionnaire quand ils sont employés à l'infinitif dans la phrase que vous lisez.

1. Trouvez dans le texte les verbes qui sont employés à l'infinitif.
2. Lesquels veulent dire
   a) être présent?
   b) parler bas?
   c) être agréable?
   d) remettre à quelqu'un ce qui est à lui?
   e) relever ce qui est tombé par terre?

B. Quand le verbe dans la phrase est au présent, au passé composé, à l'imparfait ou au futur, il faut savoir l'infinitif du verbe avant de le chercher dans le dictionnaire.

1. Quel est l'infinitif des verbes dans les phrases suivantes?
   a) Elle nous **a défendu** de parler.
   b) J'**ai remarqué** que ses mains tremblaient.
   c) J'**aime** Mme Bancroft.
   d) Les autres élèves n'**osaient** pas ouvrir la bouche!
   e) Elle **a décidé** de nous donner une dictée.
   f) Charles **a emprunté** un stylo à Marthe.
   g) Marie-Louise **est sortie.**
   h) Personne ne **bougeait.**
   i) Marcel **saignait.**
   j) La cloche **a sonné.**
   k) Nous **sommes partis.**

135

2. Quel est l'infinitif des verbes irréguliers dans les phrases suivantes?
   a) Il **est venu**.
   b) Il **a pris** ses notes.
   c) Elle **écrivait** au tableau.
   d) J'**ai fait** de mon mieux.
   e) Je ne **suis** pas fort en anglais.
   f) Il n'**avait** pas de stylo.
3. Complétez les phrases suivantes en employant un des verbes suivants au présent.

   défendre/saigner/emprunter/bouger/trembler/oser

   a) On nous _____ de jouer au base-ball dans ce parc.
   b) Tu _____ ! As-tu froid?
   c) J'ai peur! Je n'_____ pas ouvrir les yeux!
   d) Claude n'a pas d'argent. Il _____ de l'argent à son père.
   d) Je prends une photo. Ne _____ pas.
   e) Il _____ ! Appelez le médecin.

C. Le verbe **se laver** est un verbe réfléchi. On le cherche dans le dictionnaire sous la lettre **L**. Ce verbe, comme beaucoup de verbes réfléchis, peut être réfléchi dans une phrase et non-réfléchi dans une autre.
Lavez la vaisselle!
Lavez-vous!
Faites attention quand vous cherchez les verbes réfléchis dans le dictionnaire.

1. Quels verbes dans ce texte sont des verbes réfléchis?
2. Quel est l'infinitif de ces verbes?
3. Sous quelle lettre est-ce qu'on les cherche dans le dictionnaire?
4. Quel verbe veut dire:
   a) se rappeler?
   b) perdre connaissance?
   c) se mettre debout?
   d) tomber en morceaux?

Tête-à-tête

1. Qui est « cet homme sévère » qui a assisté au cours d'anglais?
2. Est-ce que les visiteurs en classe te dérangent? Et tes professeurs? Qui te dérange le plus?
3. Comment sais-tu que ton professeur est mal à l'aise?
4. Comment peut-on aider le professeur quand on a des visites?
5. Décris une classe où tout va mal, d'après tes expériences personnelles.

On danse la gigue

 # STRUCTURES

Le pronom relatif **dont**

1. – Vous avez **besoin d'**un acteur pour votre film, monsieur le directeur?
 – Oui, et voilà justement l'acteur **dont** j'ai besoin!

2. – Vous avez **envie de** ces meubles, madame?
 – Mais non, monsieur! Voilà les meubles **dont** j'ai envie!

Observation grammaticale

Vous connaissez ce professeur, André?
Oui, c'est un professeur **que** je connais.

Vous avez peur de ce professeur, André?
Oui, c'est le professeur **dont** j'ai peur.

Vous avez lu cet article?
Oui, c'est l'article **que** j'ai lu.

Vous avez besoin de cet article?
Oui, c'est l'article **dont** j'ai besoin.

Dans les propositions *que* **je connais** et *que* **j'ai lu**, quel mot est-ce que **que** remplace dans chaque cas?

Dans les propositions *dont* **j'ai peur** et *dont* **j'ai besoin**, quels mots est-ce que **dont** remplace dans chaque cas?

Quelle préposition est-ce qu'on associe avec le pronom relatif **dont?**

Exercices

A. Répondez selon l'exemple.

Exemple
De quel livre as-tu besoin?
Voilà le livre **dont** j'ai besoin.

1. De quelle fourchette se sert-on pour manger la salade?
2. De quel film se moque-t-on?
3. De quel professeur ont-ils peur?
4. De quel incident se souvient-il?
5. De quel dessert te passes-tu?
6. De quels meubles ont-ils besoin?
7. De quels problèmes vous occupez-vous?
8. De quelle bague as-tu envie?

B. Combinez les phrases suivantes selon l'exemple.

Exemple
Voilà le nouvel élève. J'ai parlé récemment de lui.
Voilà le nouvel élève dont j'ai parlé récemment.

1. Voilà les rideaux. J'ai envie de ces rideaux.
2. Voilà le chien féroce. Elle a peur de ce chien.
3. Voilà la méthode. Il se sert de cette méthode pour résoudre les problèmes de maths.
4. Voilà un chapeau. Les élèves se moquent de ce chapeau.
5. Voilà les réponses à l'exercice. Tu as besoin de ces réponses.
6. Voilà une histoire étrange. Je me souviens de cette histoire.
7. Voilà le collier cher. Elle se passe de ce collier.
8. Voilà nos devoirs. Nous nous occupons maintenant de nos devoirs.

C. Remplacez les tirets par **que (qu')** ou **dont** selon le cas.

Exemples
J'ai vu l'écrivain _____ tu parlais.
J'ai vu l'écrivain **dont** tu parlais.

Nicole va vendre le collier _____ tu lui as donné.
Nicole va vendre le collier **que** tu lui as donné.

1. Où sont les meubles _____ vous avez achetés l'année passée?
2. As-tu trouvé l'ingrédient _____ tu avais besoin?
3. Veux-tu voir l'horloge _____ j'ai achetée?
4. Voilà l'auto _____ j'ai envie.
5. Voila l'acteur _____ tout le monde parle.
6. Les Chauvin ont un chien _____ j'ai peur.
7. J'adore le tapis _____ tu as acheté.
8. Quel désastre! Regardez les rideaux _____ le chat a déchirés.

 En garde!

Ce mécanicien ne sait pas **ce qu'**il fait.
Ce mécanicien ne sait pas **ce dont** il a besoin.

Qu'est-ce qu'on met devant **dont** s'il n'y a pas d'antécédent?

D. Répondez selon l'exemple.

Exemple
De quoi a-t-il peur?
Je ne sais pas **ce dont** il a peur.

1. De quoi se sert-on pour réparer la machine à laver?
2. De quoi a-t-il besoin?
3. De quoi ont-ils parlé?
4. De quoi se moque-t-il?
5. De quoi a-t-elle envie?
6. De quoi se souvient-il?
7. De quoi as-tu peur?
8. De quoi rêve-t-il?

E. Complétez les phrases suivantes par **dont** ou **ce dont** selon le cas.

Exemple
Voilà l'outil _____ on se sert pour réparer cette machine.
Voilà l'outil **dont** on se sert pour réparer cette machine.

1. Connais-tu la femme _____ il parle?
2. Nous voulons savoir _____ il a besoin.
3. Dis-moi _____ tu as peur!
4. Le projet _____ il parle est très intéressant.
5. L'horloge _____ elle a envie est très chère.
6. Le roman _____ je parle est très intéressant.
7. Je veux apprendre _____ ils se servent pour combattre cette maladie.
8. Il ne comprend pas _____ tu parles.

F. Complète ces phrases comme tu veux.

1. Le professeur dont je me souviens le mieux est . . .
2. Le film dont je me souviens le mieux est . . .
3. Le roman dont je me souviens le mieux est . . .
4. Ce dont j'ai besoin, c'est . . .
5. Ce dont j'ai envie, c'est . . .
6. Ce dont j'ai peur, c'est . . .
7. Ce dont cette école a besoin, c'est . . .
8. Ce dont le monde a besoin, c'est . . .

139

La comparaison de quantité

Paul: Tu as **plus de** gâteau que moi!
Marc: Mais non! J'ai **moins de** gâteau que toi!

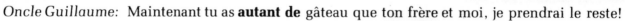

Oncle Guillaume: Maintenant tu as **autant de** gâteau que ton frère et moi, je prendrai le reste!

Observation grammaticale

La pauvre Anita; elle est **plus** diligente que Louis mais elle a quand même **plus de** fautes que lui dans ses devoirs.

Colette est **moins** amicale que Catherine et par conséquent, elle a **moins d'**amis que Catherine.

Gilbert est **aussi** riche que Marie; il a **autant d'**argent qu'elle.

Quand on compare des adjectifs, quel mot exprime une comparaison de supériorité? D'infériorité? D'égalité?

Si l'on compare des quantités, quels mots emploie-t-on pour exprimer une comparaison de supériorité, d'infériorité et d'égalité?

Avec les comparaisons de quantité, quel genre de mot suit les expressions de comparaison — des verbes, des adjectifs ou des noms?

Exercices

A. Faites les comparaisons de quantité en utilisant **plus de.**

Exemple
Jacques a trois fusils. Pierre en a quatre.
Pierre a **plus de** fusils que Jacques.

1. Brenda a deux bagues. Micheline en a trois.
2. Mireille a lu cinq romans. Richard en a lu trois.
3. Mme Morin a acheté sept colliers. Mme St-Pierre en a acheté cinq.
4. La chambre de Philippe a deux fenêtres. La chambre de Georges n'en a qu'une.
5. La maison des Pignal a deux entrées. La maison des Monette en a trois.
6. Yves a photographié un bison. Victor en a photographié trois.
7. M. Laporte a construit six maisons. M. Bénéteau en a construit cinq.

8. Mme Bisnaire a commandé deux tapis. Mme Grondin en a commandé trois.

B. En vous servant des phrases de l'exercice précédent, faites les comparaisons de quantité en utilisant **moins de.**

Exemple
Jacques a trois fusils. Pierre en a quatre.
Jacques a **moins de** fusils que Pierre.

C. Faites des comparaisons d'égalité selon l'exemple.

Exemple
Ma chambre a beaucoup de meubles. Ta chambre aussi.
Ma chambre a **autant de** meubles que ta chambre.

1. Gisèle a deux colliers en or. Pauline aussi.
2. Jean a dix dollars. Denise aussi.

141

3. Ma chambre a deux tapis. Ta chambre aussi.
4. Serge joue beaucoup de tours. Robert aussi.
5. Christine lit beaucoup de romans. Edouard aussi.
6. M. Godin connaît plusieurs écrivains. M. Paquette aussi.
7. La famille Caron a trois horloges. La famille Lévesque aussi.
8. Votre maison a deux escaliers. Notre maison aussi.

 En garde!

Le superlatif de quantité
Grégoire est le plus riche de la classe.
Il a **le plus d'**argent.

Francine est la moins paresseuse de la classe.
Elle a **le moins de** fautes dans ses devoirs.

Comment fait-on le superlatif de quantité?

Quelle est la différence entre le superlatif des adjectifs (ou des adverbes) et le superlatif de quantité?

Remarquez que le superlatif de quantité se fait toujours avec **le**: *le* **plus de fautes.**

D. Répondez selon l'exemple.

Cette classe a beaucoup d'élèves?
Oui, elle a **le plus d'**élèves de l'école.

1. Cette classe a beaucoup d'élèves intelligents?

2. Les élèves de cette classe ont beaucoup de devoirs?
3. Les élèves de cette classe ont beaucoup d'examens?
4. Cette classe a beaucoup de tableaux illustrés?
5. Les élèves de cette classe ont beaucoup d'exercices difficiles?
6. Cette classe a beaucoup d'excursions?
7. Cette classe a beaucoup de discussions?
8. Cette classe a beaucoup de parties?

E. Répondez aux questions de l'exercice précédent en employant **le moins de**. Suivez l'exemple.

Exemple
Cette classe a beaucoup d'élèves?
Mais non! Elle a **le moins d'**élèves de l'école.

F. Réponds à ces questions.
1. As-tu plus de devoirs de français ou de mathématiques?
2. En quelle matière as-tu le plus de devoirs? Le moins de devoirs?
3. Quelle matière te donne le plus de difficulté? Le moins de difficulté?
4. Qui a plus de problèmes personnels — les filles ou les garçons?
5. Qui a besoin de plus d'argent de poche — les filles ou les garçons? Pourquoi?
6. Qui a plus de difficulté à trouver du travail pendant l'été — les garçons ou les filles? Pourquoi?

A discuter:
7. Vrai ou faux? Les garçons ont autant de difficulté que les filles à trouver des amis (amies).

8. Vrai ou faux? Les garçons ont autant de difficulté que les filles à se mettre en forme.

9. Vrai ou faux? Une bonne éducation a autant d'importance pour les filles que pour les garçons.

10. Vrai ou faux? Les vêtements ont autant d'importance pour les garçons que pour les filles.

Today, in Montreal, a huge cross stands on the top of Mount Royal. A cross has stood there since 1643 when Paul de Chomedey, sieur de Maisonneuve, first planted one there himself. Ville-Marie, founded in 1642 by Maisonneuve, was threatened with destruction the following spring when the St. Lawrence River flooded. He vowed that if God would preserve his beloved settlement, he would plant a cross atop the highest mountain to stand as a memorial for all time. He kept his word.

Des Métis dansent

 RÉALITÉ

Nous déménageons!
Grandes ventes extraordinaires!

1/3 de rabais

Meubles divers: chaises, divans, bureaux, sécrétaires, lampes, etc.

1/3 de rabais

Appareils électro-ménagers: lave-vaisselles, cuisinières, réfrigérateurs, machines à laver, sécheuses, etc.

50% de rabais

Tapis

Du connu vers l'inconnu

Les pronoms compléments d'objet direct et indirect:
me, te, nous, vous + le, la, l', les.

M. Hébert **t'**a montré **son tapis?**
Oui, il **me l'**a montré.

Le professeur **vous** a expliqué **les exercices?**
Oui, il **nous les** a expliqués.

Jacques **m'**a apporté **ces fleurs?**
Oui, il **te les** a apport**ées.**

Mme Savard **nous** a envoyé **cette lettre?**
Non, elle ne **nous l'**a pas envoyé**e.**

Quels sont les pronoms compléments d'objet direct dans les phrases ci-dessus?

Quels sont les pronoms compléments d'objet indirect?

Quel est l'ordre des pronoms compléments?

Dans une phrase au négatif avec deux pronoms compléments d'objet, où met-on **ne**? Où met-on **pas?**

Pourquoi avons-nous ajouté **s** à **expliqué**, **e** à **envoyé** et **es** à **apporté**?

Comparez ces deux phrases: Les fleurs? Oui, Marc **les lui** a envoyé**es.**
Les fleurs? Oui, Marc **me les** a envoyé**es.**

Quelle est la différence entre les deux phrases en ce qui concerne l'ordre des pronoms compléments d'objet?

Regardez les tableaux suivants:

A	Sujet	+	me te nous vous	+	le la l' les	+	verbe

Il **me le** donnera demain.

B	Sujet	+	le la les	+	lui leur	+	verbe

Je **la lui** donnerai demain.

Exercices

A. Remplacez les mots en caractères gras dans les phrases suivantes par un pronom complément d'objet. Faites attention à l'accord possible du participe passé.

Exemple
Shirley m'a montré **ses photos**.
Shirley me **les** a montré**es**.

1. M. Khan nous a vendu **ses tapis**.
2. Ma grand-mère m'a donné sa bague **de diamants.**
3. Hier, je t'ai montré **la poussière** dans ta chambre.
4. Nous vous avons expliqué **nos difficultés**.
5. M. Gervais m'a vendu **cette horloge**.
6. Est-ce que nous t'avons montré **nos nouveaux meubles**?
7. Mme Legros nous a montré **le plafond sale**.
8. Je vous ai dit **la vérité**.

B. Remplacez les mots en caractères gras dans les phrases suivantes par un pronom complément d'objet. Faites attention à l'ordre des pronoms compléments.

Exemples
Il me donnera **sa réponse** demain.
Il **me la** donnera demain.

Il leur donnera **sa réponse** demain.
Il **la leur** donnera demain.

1. Nous t'apporterons **les rideaux** demain.
2. Je lui donnerai **le collier** comme cadeau.
3. Elle leur montrera **les cartes** demain.
4. Nous vous expliquerons **les solutions** bientôt.
5. Je te vendrai **ma bague** si tu la veux.
6. Il m'offrira **ses romans** à lire.

7. Est-ce que tu nous écriras **tes réponses**?
8. Je lui poserai **ces questions**.

C. Répondez à la forme négative. Remplacez les mots en caractères gras par un pronom complément d'objet. Faites attention à l'ordre des pronoms compléments.

Exemple
Il m'a écrit **cette lettre**?
Non, il ne **te l'**a pas écrite.

1. Il nous a caché **ses intentions**?
2. Il leur a vendu **ce tapis**?
3. Elle m'a offert **son collier**?
4. Elle vous a donné **cette bague**?
5. Il lui a raconté **son histoire**?
6. Il t'a envoyé **ce cadeau**?
7. Elle leur a expliqué **la situation**?
8. Elle nous a apporté **ces rideaux**?

 En garde!

Il te l'a expliqué?
Non, mais il va **me l'**expliquer demain.

Quand il y a un verbe et un infinitif, où met-on les pronoms compléments d'objet?

Me et **l'** sont les compléments de quel verbe? De **va** ou de **expliquer**?

Une horloge

D. Répondez selon l'exemple. Remplacez les mots en caractères gras par un pronom.

Exemple
Il **t'**a offert **ses disques**?
Pas encore, mais il va **me les** offrir.

1. Il vous a donné **l'explication**?
2. Il m'a posé **la question**?
3. Il nous a offert **ses meubles**?
4. Il t'a passé **les réponses**?
5. Ils vous ont vendu **le tapis**?
6. Ils m'ont dit **la vérité**?
7. Ils nous ont expliqué **les règles**?
8. Ils t'ont donné **le poste**?

E. Réponds à ces questions comme tu veux, mais utilise deux pronoms compléments d'objet dans ta réponse.

Exemple
Si ton frère (ta soeur) se sent triste est-ce qu'il (elle) te le dit?
Oui, il me le dit. ou
Non, il ne me le dit pas.

1. Si ta mère se sent malade, est-ce qu'elle le cache à toi et aux autres membres de ta famille?
2. Est-ce que ton ami(e) (ton frère, ta soeur) peut te cacher ses pensées? (ses sentiments?)
3. Est-ce que tes parents essaient de cacher leurs problèmes à toi et à tes frères (soeurs)?
4. Est-ce que le professeur explique bien les règles de grammaire à toi et aux autres élèves?
5. Si sans le savoir tu dis quelque chose qui blesse ton ami(e), est-ce qu'il (elle) te le dit?
6. Si tu achètes de nouveaux vêtements et ta mère (ton père) ne les aime pas, est-ce qu'elle (il) te le dit?

147

En garde!

Le bulletin? Donne-**le-moi!**   Les nouvelles? Dites-**les-nous!**
           Non! Ne **me le** donne pas!   Non! Ne **nous les** dites pas!

Dans les ordres précédents quels sont les pronoms compléments d'objet direct?

Quels sont les pronoms compléments d'objet indirect?

Quel est l'ordre des pronoms compléments dans les phrases à l'impératif affirmatif?

Et dans les phrases à l'impératif négatif?

Regardez les tableaux suivants et remarquez l'ordre des pronoms compléments d'objet.

A

Verbe à l'impératif +	le la les	+	me nous

Donne-**le-nous!**

Ne +	me nous	+	le la les l'	+	verbe à l'impératif + pas

Ne **me les** donnez pas!

B

Verbe à l'impératif +	le la les	+	lui leur

Donne-**le-lui!**

Ne +	le la les	+	lui leur	+	verbe à l'impératif + pas

Ne **les leur** donnez pas!

F. Mettez les ordres suivants à la forme négative. Faites attention à l'ordre des pronoms compléments d'objet.

Exemples
Donne-la-moi.
Ne **me la** donne pas.

Montre-le-lui.
Ne **le lui** montre pas.

1. Chante-la-moi.
2. Racontez-la-nous.
3. Envoyez-les-leur.
4. Dis-la-lui.
5. Donnez-les-leur.
6. Indique-le-nous.
7. Montre-le-lui.
8. Apportez-les-leur.
9. Dites-la-nous.
10. Passez-le-moi.
11. Ecris-la-lui.
12. Explique-le-moi.

G. Dites le contraire des ordres suivants. Utilisez deux pronoms compléments d'objet dans la réponse.

Exemples
Apporte-nous les livres.
Non! Ne nous les apporte pas.

Ne me donne pas cet argent.
Oui! Donne-le-moi.

1. Raconte-moi la blague.
2. Donne-lui la bague.
3. Ne nous offrez pas ces rideaux.
4. Ne leur dites pas la réponse.
5. Explique-moi l'histoire.
6. Indiquez-leur la route.
7. Ne me raconte pas tes problèmes.
8. Ne lui écris pas ces nouvelles.

Des meubles anciens

La Sainte-Catherine de Colette

1 Il neigeait doucement ce 25 novembre quand le frère de Colette a quitté sa
cabane pour frapper aux portes de tous les habitants du village. D'habitude,
il ne parlait à personne et personne ne lui parlait. Tout le monde avait peur
de lui! N'était-il pas sorcier − sale, pauvre, mal habillé, comme l'était sa
5 soeur Colette?

Terrifiés, les villageois ont ouvert leur porte. Le visiteur a donné une
lettre à chacun d'eux. Les mains tremblantes, ils l'ont lue. Ce n'était qu'une
invitation − une invitation à une partie chez Colette pour fêter la Sainte-
Catherine! «Dès ce soir, ma soeur Colette ne coiffera plus sainte Catherine.
10 Venez danser et faire de la tire chez nous.»

Tout le monde était bouleversé par sa visite et son invitation. Ils en ont
parlé tout l'après-midi. Fallait-il y aller ou refuser? «C'est un piège, un
mauvais tour, a dit Médard. Ils se moquent de nous et de nos traditions.»
«Mais Colette ne coiffera plus sainte Catherine, a répondu Thérèse.
15 Comprenez-vous ce que cela veut dire? Une fille qui a dépassé 25 ans sans
être mariée, décore toujours une statue de sainte Catherine le 25 novembre si
elle veut trouver un mari. Il le faut! Colette a trouvé un amant, alors. Il veut
l'épouser. Qui va épouser la soeur du sorcier? Il faut aller voir l'homme en
question!» Leur curiosité a dominé leur peur et enfin tout le monde a décidé
20 d'y aller − une décision qu'ils ont regrettée toute leur vie.

Quand ils sont arrivés, ils ont remarqué que la petite cabane de Colette,
si sale et pauvre à l'extérieur, était en réalité un palais! Les murs étaient en
or, le plancher en argent. Des milliers de petites étoiles brillaient sur le
plafond. Les meubles, les rideaux, les tapis étaient de première qualité. Il n'y
25 avait aucune bougie dans la salle mais la salle était quand même bien illu-
minée. Et plus de 200 personnes dansaient dans la cabane. Comment
expliquer qu'il y avait assez d'espace pour tout le monde?

Colette ne portait plus sa robe noire et déchirée. Elle portait une longue
robe blanche, un collier de perles et un bracelet de diamants. Une grosse

villageois
villagers

chacun   each one

fêter   celebrate

*faire de la
tire   pull taffy*

Fallait-il
Should they

a dépassé
passed

amant   lover

palais   *palace*

argent   *silver*

diamants
diamonds

30 bague brillait à son doigt. Qu'elle était belle! Qu'elle était chanceuse d'avoir trouvé un homme si riche et puissant! Tout le monde avait envie de lui parler, de la toucher. Mais chaque fois qu'ils se sont approchés d'elle, une force mystérieuse les a arrêtés. Colette est restée seule et immobile au centre de la salle.

*chanceuse
lucky*

35 Enfin, son frère est entré, portant un gros chaudron qui contenait un mélange délicieux de mélasse, de beurre et d'eau. Tout le monde a fait de la tire. Les couleurs étaient magnifiques − rouge, orange, bleu, violet. Mais soudainement, la tire est devenue toute noire entre leurs doigts. Au moment où ils ont ouvert la bouche pour crier, une musique étrange est venue d'en 40 bas et ils ont recommencé à danser.

*chaudron
cauldron*

*mélasse
molasses*

Ils dansaient. La musique augmentait. Ils dansaient. Le plancher brûlait sous leurs pieds. Ils dansaient, menés par une force mystérieuse. Tout d'un coup, ils ont commencé à tourner autour de Colette. Tourne! Tourne! Vite! Plus vite! «Arrêtons-nous» ont-ils crié, mais ils ont tourné de plus en plus 45 vite.

*augmentait
became louder*

Soudainement, l'horloge a sonné minuit. La musique s'est arrêtée. La salle est devenue toute rouge. La chaleur était insupportable. «Non! Je ne veux pas!», a crié Colette. Puis silence. Un homme habillé tout en rouge a pris sa place à côté de Colette. C'était Satan, le fiancé de Colette. «Je suis 50 venu chercher Colette, ma femme, qui a dit ce matin «Plutôt épouser le diable que de coiffer sainte Catherine!» Elle est à moi maintenant.»

Terrifiés, tous les invités ont quitté la cabane puis Colette et la cabane ont disparu sous la terre sans laisser aucune trace. On ne l'a jamais revue. Mais le 25 novembre, le matin, les habitants de ce village l'entendent encore 55 pleurer et ils trouvent, tracé dans la poussière, son message: Plutôt épouser le diable que de coiffer sainte Catherine!

Compréhension

A. En lisant cette légende, nous apprenons beaucoup de la fête de la Sainte-Catherine et comment on la célèbre.
Répondez aux questions suivantes.

1. Quelle est la date da la fête de la Sainte-Catherine?
2. Qu'est-ce qu'on fait quand on «coiffe sainte Catherine»?
3. Qui coiffe sainte Catherine d'habitude?
4. Qu'est-ce qu'on fait pour s'amuser le soir?
5. De quels ingrédients a-t-on besoin pour faire de la tire?

B. Répondez aux questions suivantes.

1. Pourquoi est-ce que les villageois avaient peur du frère de Colette?
2. Qu'est-ce que le frère de Colette a donné à chaque habitant du village?
3. Pourquoi les villageois ne pouvaient-ils pas croire que quelqu'un avait l'intention d'épouser Colette?
4. Pourquoi ne voulaient-ils pas aller à la partie chez Colette? Pourquoi ont-ils enfin décidé d'y aller?
5. Qui était le fiancé de Colette?
6. Pourquoi a-t-il décidé de l'épouser?
7. Est-ce que Colette voulait l'épouser?

C. Des choses bien étranges se sont passées ce 25 novembre chez Colette. Complétez les phrases suivantes.

1. Comment expliquer que la cabane sale et pauvre de Colette était . . .
2. Comment expliquer que dans une si petite cabane . . .
3. Comment expliquer que ce soir Colette portait . . .
4. Comment expliquer que chaque fois que les invités se sont approchés de Colette . . .
5. Comment expliquer que la tire est devenue . . .
6. Comment expliquer que les danseurs ont commencé à . . .
7. Comment expliquer que les danseurs ne pouvaient pas . . .
8. Comment expliquer qu'à minuit . . .
9. Comment expliquer qu'après le départ des invités, Colette et sa cabane . . .
10. Comment expliquer que le 25 novembre les habitants de ce petit village . . .

Le fouinard

A. Que vas-tu faire? Choisis la réponse qui te semble la meilleure.

1. Tu es seul (seule) à la maison. Un homme que tu ne connais pas frappe à la porte. Vas-tu
   a) ouvrir la porte pour lui parler?
   b) lui parler sans ouvrir la porte?
2. Tu partages une chambre avec ton frère (ta soeur). La porte de la chambre est fermée. Vas-tu
   a) frapper avant d'entrer?
   b) entrer sans frapper?
3. Tu prends une douche. Le téléphone sonne. Vas-tu
   a) sortir immédiatement de la douche pour répondre?
   b) continuer à prendre ta douche sans répondre?
4. Tu reçois une invitation que tu n'as pas envie d'accepter. Vas-tu
   a) l'accepter quand même?
   b) la refuser?

5. Un garçon (une fille) que tu n'aimes pas t'invite à danser. Vas-tu
   a) danser une danse avec lui (elle)?
   b) refuser de danser?
6. Tu n'aimes pas le fiancé de ta soeur. Vas-tu
   a) lui dire que tu ne l'aimes pas?
   b) garder le silence?
7. Tu remarques que les mains de ton père tremblent pendant qu'il boit son café. Vas-tu
   a) lui demander une explication?
   b) ne rien dire?
8. Un de tes amis organise une partie. Tu n'aimes pas les invités et tu n'es pas d'accord avec ce qu'ils font. Vas-tu
   a) partir immédiatement?
   b) rester même si tu te sens un peu mal à l'aise?
9. Tu remarques que le pantalon de ton professeur est déchiré. Vas-tu
   a) rire?
   b) lui dire que son pantalon est déchiré?
10. Tu as joué un mauvais tour au professeur. Il est fâché mais il ne sait pas qui est responsable. Vas-tu
    a) garder le silence et espérer qu'il ne te découvre pas?
    b) lui demander pardon?
11. Tu trouves une lettre que ton père a écrite à ta mère avant leur mariage. Vas-tu
    a) la lire?
    b) la donner à ta mère sans la lire?
12. Un de tes amis te dit qu'il entend toujours pleurer une femme pendant la nuit. Vas-tu
    a) rire?
    b) le croire?

A ton avis

A. A ton avis est-ce que les phrases suivantes sont vraies ou fausses?
   1. On ne célèbre plus la fête de la Sainte-Catherine au Québec.
   2. Quand on fait de la tire, la tire semble changer de couleur.
   3. Une fille qui refuse de coiffer sainte Catherine ne va jamais se marier.
   4. Cette légende au sujet de Colette est intéressante mais impossible.
   5. Les sorciers n'existent plus aujourd'hui.
   6. Tous les rapports des bateaux et des avions qui sont disparus sans aucune trace sont faux.
   7. On porte une bague de diamants à la main droite quand on est fiancé et à la main gauche quand on est marié.
   8. Un homme qui a mal au dos ne doit pas aider une femme à ranger les meubles.
   9. On ne doit jamais s'approcher d'un animal qui est blessé.
   10. On ne doit jamais s'approcher d'un homme qui est blessé.
   11. Les pièges ne sont pas cruels envers les animaux. Ils sont nécessaires.
   12. Tous les gens qui entendent des voix sont fous.

A faire et à discuter

1. Ecrivez une pièce fondée sur la lecture de *La Sainte-Catherine de Colette* et présentez-la en classe.
2. Connaissez-vous d'autres légendes québécoises? Sinon, faites des recherches et racontez une de ces légendes en classe.
3. Faites des recherches et dites comment on célèbre:
   a) La fête nationale du Québec (la Saint Jean-Baptiste, le 24 juin)
   b) Le jour de l'An (le 1er janvier)
   c) La fête des Rois (le 6 janvier)
   d) Le carnaval de Québec (au mois de février)
4. Quelle fête canadienne aimez-vous (n'aimez-vous pas) célébrer?

POT-POURRI

A. Composition orale

B. Substituez **si** à **quand** dans les phrases suivantes et faites les changements nécessaires.

Exemple
Quand il sera fatigué, il se reposera.
S'il est fatigué, il se reposera.

1. Quand je partirai demain, je te téléphonerai.
2. Quand tu feras les réparations à l'auto, je t'aiderai.
3. Quand il viendra, nous pourrons jouer aux cartes.
4. Quand nous aurons le temps, nous irons au musée.
5. Quand vous deviendrez avocat, vous pourrez nous aider.
6. Quand elle aura assez d'argent, elle ira en Europe.
7. Quand la souris s'approchera du chat, il la tuera.
8. Quand la chaleur deviendra insupportable dans la chambre, ils ouvriront la fenêtre.

C. Employez **ce qui, ce que (ce qu')** ou **ce dont** pour compléter les phrases suivantes.

Exemple
Je ne sais pas _____ il parle.
Je ne sais pas **ce dont** il parle.

1. As-tu entendu _____ elle a dit?
2. Sais-tu _____ l'enfant a peur?
3. Je veux savoir _____ va arriver.
4. Je ne peux pas voir _____ il y a derrière les rideaux.
5. Il ne peut pas dire _____ est le plus important pour lui.
6. Elle veut savoir _____ le bébé a envie.
7. _____ nous avons besoin, c'est un bon repas!
8. Si tu découvres _____ il veut, dis-le-nous.

D. Composez des phrases selon les exemples donnés en utilisant les mots indiqués.

Exemple
Jacques a autant d'argent que Robert. (aussi, riche)
Jacques est **aussi riche que** Robert.

1. Donald fait plus de fautes que Gérard. (moins, intelligent)
2. Monique a autant d'amies que Nicole. (aussi, amicale)
3. André dépense plus d'argent que Norman. (plus, riche)
4. René mange moins de sandwichs que Pierre. (moins, gros)

Exemple
André joue mieux que Guy. (plus, médailles)
Il a plus de médailles que Guy.

5. David est aussi intelligent que Michel (autant, bonnes notes)
6. Notre maison est plus grande que la maison des Martin. (plus, chambres)
7. La chambre rose est plus chaude que la chambre bleue. (il y a, moins, chaleur)
8. La chambre de Donna est plus sombre que la chambre de Marie. (plus, fenêtres)
9. Jean-Pierre est mieux habillé que Charles. (plus, vêtements)
10. Aline est aussi imaginative que Patrice. (autant, imagination)

E. Répondez aux questions suivantes en utilisant dans vos réponses a) **en**, et b) **dont** selon l'exemple.

1. Il se souvient de l'accident?
2. Ils ont peur du bison?
3. Elle parle du tapis oriental?
4. L'enfant a besoin d'argent?
5. L'élève s'occupe du projet?
6. Elle a envie de cette bague?
7. Anne se passe de ce dessert?
8. Fernand rêve de ses vacances?

F. Remplacez le pronom complément d'objet direct dans chaque phrase de la colonne A par un nom (une expression) qui convient de la colonne B. Vous pouvez imaginer d'autres possibilités si vous voulez.

Exemple
Nos profs ne nous les rendent pas assez vite.
Nos profs ne nous rendent pas assez vite **les corrigés de nos tests.**

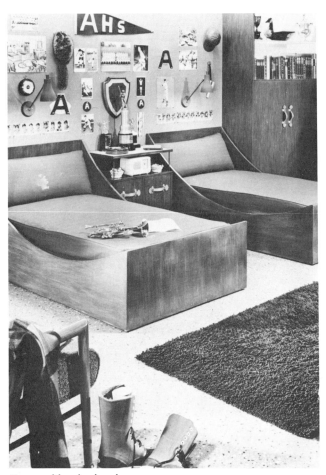

Des meubles de chambre

A.	B.
1. Ma soeur ne me le montre jamais.	les bêtises
2. Mon frère ne me les donne jamais.	les corrigés de nos tests
3. Mes amis me les disent souvent.	la clé de son auto
4. Nos profs nous les expliquent en classe.	son journal
5. Nos profs nous les donnent trop souvent.	la permission de sortir avec mes amis
6. Mon père ne ma la donne jamais.	les règles de grammaire
7. Mes parents ne me la donnent pas assez souvent.	les tests
8. Mes amis ne me la disent pas toujours.	la vérité
	ses vieux vêtements

ENRICHISSEMENT

A. Maintenant, écrivez!

Monsieur,

Je suis en train de préparer un projet pour mon professeur de géographie. Je vous prie de me faire parvenir des renseignements sur l'industrie de la pêche au Québec.

Je vous en remercie vivement et vous prie d'accepter, Monsieur, l'expression de mes meilleurs sentiments.

Joseph Durell

Joseph Durell

Bien chers parents,

Comment allez-vous? Je vais très bien. Mes cours d'été sont très intéressants. Mais vous me manquez et j'ai hâte de vous revoir. J'attends de vos nouvelles bientôt.

Je vous embrasse.

Votre fils,

Joseph

Cher ami,

Je te remercie de ton invitation à passer quelques jours chez toi à Noël. Malheureusement, je ne peux accepter. J'attends une visite de ma tante et de mon oncle de Windsor. Aussi, je n'ai pas assez d'argent.

Je te souhaite un joyeux Noël et une bonne et heureuse année.

amitiés,

Joseph

Ma chère Chantal,

Merci de ta gentille lettre et du beau cadeau que je viens de recevoir. Le disque de Gilles Vigneault me plaît beaucoup et je l'écoute souvent. Peux-tu aussi m'envoyer ta photo? Je t'écrirai plus longuement bientôt.

affectueusement,

Joseph

Exercices

1. Rédigez la salutation au début d'une lettre à
   a) une femme que vous ne connaissez pas.
   b) votre mère.
   c) vos amis Josette et Paul.
2. Rédigez la salutation à la fin d'une lettre à
   a) votre médecin.
   b) votre grand-mère.
   c) un professeur que vous aimez bien.
3. Remerciez
   a) un ami de la photo qu'il vous a envoyée.
   b) le directeur de l'Université des renseignements qu'il vous a envoyés.
   c) ton cousin Pierre des timbres qu'il vous a envoyés de la France.
4. Demandez
   a) au directeur d'excuser votre absence du mercredi, 14 février.
   b) à un ami de t'accompagner à un match de base-ball samedi.
   c) à ta soeur de t'écrire bientôt.
5. Souhaitez
   a) un bon anniversaire à votre copine Line.
   b) un bon voyage aux parents de votre copain.
   c) du beau temps pendant les vacances à vos grands-parents.

Des meubles de salon

B. Marguerite Bourgeoys

Marguerite Bourgeoys

En 1653, Marguerite Bourgeoys a fondé une école à Ville Marie. L'école était dans une petite étable. Marguerite Bourgeoys voulait vivre en harmonie avec les Indiens qui habitaient près du fort et les a invités à venir à l'école. Mais ils ne sont pas venus. Un jour, elle a fait des bonbons et les a laissés sur le chemin qui menait à l'école. Les enfants indiens qui jouaient dans les bois ont trouvé les bonbons. Avec enthousiasme, ils les ont ramassés et sont enfin arrivés à l'école.

Pour faire ces bonbons, Marguerite Bourgeoys a mis du sirop d'érable, du beurre et de l'eau dans un gros chaudron sur un feu. Le mélange était délicieux. Il collait aux doigts. Il collait aux dents. On pouvait le tirer et en le tirant, il semblait changer de couleurs. On l'a appelé « la tire ». Aujourd'hui, on ne peut pas la manger sans penser à Marguerite Bourgeoys et à son école.

Mais pourquoi est-ce qu'on fait la tire le 25 novembre? C'est à cause d'une confusion de dates et de jours de fêtes. Le 25 novembre est la fête de Sainte-Catherine d'Alexandria. Le 30 avril est la fête de Sainte-Catherine de Sienne. Marguerite Bourgeoys a ouvert son école à Ville-Marie au mois d'avril en honneur de sainte Catherine de Sienne. Au cours des années, quand on fêtait la Sainte-Catherine le 25 novembre, on fêtait aussi l'ouverture de la petite école de Marguerite Bourgeoys à Ville-Marie.

Pendant sa vie, Marguerite Bourgeoys a fondé sept écoles. Elle est retournée en France plusieurs fois pour chercher des professeurs et pour accompagner les Filles du Roi en Nouvelle France. Les femmes qui sont venues à Ville-Marie pour enseigner ou pour épouser les braves hommes qui y habitaient avaient souvent de la difficulté à s'habituer à la vie dure au Canada. Marguerite Bourgeoys les a aidées. Elle a aussi aidé Jeanne Mance à fonder un hôpital à Ville-Marie pour soigner les malades et les pauvres. Elle était vraiment courageuse et charitable.

Exercices

A. D'après l'histoire, est-ce que les phrases suivantes sont vraies ou fausses? Si la phrase est fausse, corrigez-la.

1. Marguerite Bourgeoys a fondé une église à Ville-Marie en 1653.
2. L'école de Marguerite Bourgeoys était dans une petite étable.
3. En 1653, Ville-Marie était une grande ville.
4. Marguerite Bourgeoys voulait aider les Indiens qui habitaient près de Ville-Marie et leur enseigner.
5. Au début, beaucoup d'enfants indiens sont venus à l'école.
6. Pour encourager les enfants indiens à venir à l'école, Marguerite Bourgeoys a laissé des bonbons sur le chemin.
7. Les enfants indiens n'ont pas trouvé les bonbons et ne sont jamais venus à l'école.
8. Ces bonbons étaient un mélange délicieux de beurre et d'eau.
9. On appelait ce mélange « la tire ».
10. Marguerite Bourgeoys a ouvert son école au mois de novembre en honneur de sainte Catherine d'Alexandria.
11. Au cours des années, quand on fêtait la Sainte-Catherine le 25 novembre, on fêtait aussi l'ouverture de l'école à Ville-Marie.
12. Marguerite Bourgeoys a fondé plusieurs écoles pendant sa vie.
13. Marguerite Bourgeoys n'est jamais retournée en France.
14. Marguerite Bourgeoys a beaucoup aidé les hommes à s'habituer à la vie dure au Canada.
15. Jeanne Mance a fondé une école à Ville-Marie.

Des meubles de salle à manger

VOCABULAIRE ACTIF

Noms (masculins)

le bas
le collier
le doigt
l'escalier
le haut
le meuble
le mur
le piège
le plafond
le rideau
le tapis
le tour

Noms (féminins)

la bague
la chaleur
l'horloge
la poussière

Verbes

approcher
s'approcher de
briller
déchirer
frapper
renverser
sonner

Adjectifs

bas, basse
bouleversé, -e
étrange
haut, haute
insupportable

Adverbes

bas
haut

Conjonctions

aussitôt que
dès que
lorsque

Expressions

en bas
en haut
de haut en bas
jouer un tour

APPENDICE

Sommaire des structures

I   Les articles

L'article indéfini

singulier

masculin	féminin
un acteur	**une** actrice
un disque	**une** radio

pluriel

des acteurs et **des** actrices
des disques et **des** radios

L'article défini

singulier

masculin	féminin
le garage	**la** maison
l'avion	**l'**auto

pluriel

les garages et **les** maisons
les avions et **les** autos

à + l'article défini

à + le = **au**   **au** cinéma
à + la = **à la**   **à la** bibliothèque
à + l' = **à l'**   **à l'**hôpital
à + les = **aux**   **aux** courses

de + l'article défini

de + le = **du**   de + l' = **de l'**
de + la = **de la**   de + les = **des**

Exemples
la possession
la capitale **du** Canada
la capitale **de la** France
la capitale **de l'**Italie
la capitale **des** Etats-Unis

L'article partitif

du lait	some milk
de la viande	some meat
de l'eau	some water
des bonbons	some candies

Le partitif négatif

Du café? Non, merci, je ne veux **pas de** café.
De la soupe? Non, merci, je ne mange **pas de** soupe.

Le partitif avec les expressions de quantité

assez d'argent
beaucoup de projets
pas d'argent
trop de projets

II Les noms

Genre

En français, tous les noms sont **masculins** ou **féminins**.

masculin	**féminin**
un acteur	une actrice
un cousin	une cousine
un élève	une élève

La formation du pluriel

singulier	*pluriel*
le garage	les garages
la maison	les maisons

Attention!

un bras	des bras
un nez	des nez
une voix	des voix
un genou	des genoux
un jeu	des jeux
un oeil	des **yeux**

Les noms en -al

un cheval	des chevaux
un journal	des journaux

Les professions et les métiers (suppression de l'article)

Mon oncle est médecin.
Elle est pharmacienne.
Marc est mécanicien.

III Les adjectifs

Les adjectifs réguliers

singulier

masculin	*féminin*
Il est grand.	Elle est grande.
Mon père est mince.	Ma mère est mince.

pluriel

Ils sont grands.	Elles sont grandes.
Mes parents sont minces.	

La place de l'adjectif

La plupart des adjectifs suivent le nom:
un exercice **facile**
une auto **bleue**
la cuisine **chinoise**

Les adjectifs qui précèdent le nom en général:

un **beau** garçon
un **bon** repas
une **grande** maison
un **gros** chien
une **jeune** femme
une **jolie** photo
un **mauvais** livre
une **nouvelle** histoire
un **petit** chat
une **vieille** auto

Attention!

un bon repas	**de bons** repas
une jolie photo	**de jolies** photos

Les adjectifs irréguliers

	singulier		pluriel	
	masculin	féminin	masculin	féminin
	beau/bel	belle	beaux	belles
	bon	bonne	bons	bonnes
	canadien	canadienne	canadiens	canadiennes
	frais	fraîche	frais	fraîches
	gros	grosse	gros	grosses
	nouveau/nouvel	nouvelle	nouveaux	nouvelles
	quel	quelle	quels	quelles
	sec	sèche	secs	sèches
	tout	toute	tous	toutes
	vieux/vieil	vieille	vieux	vieilles

Attention!

un beau garçon   un bel enfant   de beaux enfants
un nouveau livre   un nouvel ami   de nouveaux amis
un vieux musée   un vieil arbre   de vieux arbres

L'adjectif démonstratif

singulier		pluriel
masculin	féminin	
ce garçon	**cette** pomme	**ces** garçons, **ces** pommes et **ces** autobus
cet autobus	**cette** étudiante	

L'adjectif possessif

singulier				
	masculin		féminin	
my	mon		ma	
your (tu)	ton		ta	
his	son	frère	sa	soeur
her	son		sa	

our	notre	
your (vous)	votre	grand-père/grand-mère
their	leur	

pluriel (masculin et féminin)

my	mes	
your (tu)	tes	
his	ses	
her	ses	cousins/cousines
our	nos	
your (vous)	vos	
their	leurs	

Attention!

Nicole n'est pas ma soeur, c'est **mon** amie.
Voilà ta blouse blanche, mais où est **ton** autre blouse?
Jacques a une auto rouge? Non, **son** auto est jaune.

IV   Les adverbes

La formation des adverbes

adjectif			*adverbe*
masculin	**féminin**	+	**-ment**
heureux	heureuse		heureusement
lent	lente		lentement

Attention!

a) Si l'adjectif se termine déjà par une voyelle, on ajoute simplement **-ment** pour former l'adverbe.

adjectif		*adverbe*
masculin	+	**-ment**
probable		probablement
vrai		vraiment
impoli		impoliment

b) Si l'adjectif se termine par **-ent** ou par **-ant**, on enlève **-nt** et ajoute **-mment**.

adjectif			*adverbe*
masculin	**− -nt**	**+**	**-mment**
récent			récemment
impatient			impatiemment
constant			constamment

c) Pour faciliter la prononciation:

adjectif					*adverbe*
masculin	**féminin**	+	**accent aigu**	+	**-ment**
précis	précise				précisément

D'autres adverbes communs: **beaucoup, bien, déjà, surtout, tout, trop, vite.**

V La comparaison des adjectifs et des adverbes

Le comparatif

adjectifs

Ma maison est **plus** grande **que** ta maison.   (supériorité)
Mon auto est **moins** chère **que** ton auto.   (infériorité)
Mon chien est **aussi** beau **que** ton chien.   (égalité)

Attention! bon: meilleur

Ma note est **bonne,** mais tu as une **meilleure** note.
Le gâteau est **meilleur que** la tarte.

adverbes

Maurice court **plus** vite **que** Jacques.   (supériorité)
André parle **moins** vite **que** Paul.   (infériorité)
Rolande marche **aussi** vite **que** Serge.   (égalité)

Attention! bien: mieux

Je chante **bien**, mais tu chantes **mieux que** moi.

Les comparaisons de quantité

Mireille a lu **plus de** romans que Roger.   (supériorité)
Philippe a fait **moins de** fautes que Marc.   (infériorité)
Gilbert a **autant d'**amis que Paul.   (égalité)

Le superlatif

adjectifs

Ferland est **le plus grand** garçon de la classe.
C'est l'histoire **la plus intéressante** du livre.   (supériorité)
Gloria et Francine sont les élèves **les plus diligentes** de la classe.
Voilà la question **la moins difficile** de l'exercice.   (infériorité)

bon: meilleur

Yves est le **meilleur** élève de la classe.

adverbes

Angèle court **le plus vite** de toutes les filles.   (supériorité)

Louis parle **le moins fort** de tous les élèves.   (infériorité)

bien: mieux

Antoinette chante **le mieux** de tous les élèves.

Le superlatif de quantité

Jacques est riche, Pierre aussi, mais Grégoire a **le plus d'**argent des trois.   (supériorité)

Francine a fait **le moins de** fautes de la classe dans l'exercice.   (infériorité)

VI   Les pronoms

sujets	objets directs	objets indirects	pronoms réfléchis	pronoms accentués
je (j')	me (m')	me (m')	me (m')	moi
tu	te (t')	te (t')	te (t')	toi
il	le (l')	lui	se (s')	lui
elle	la (l')	lui	se (s')	elle
on			se (s')	soi
nous	nous	nous	nous	nous
vous	vous	vous	vous	vous
ils	les	leur	se (s')	eux
elles	les	leur	se (s')	elles

La place et l'accord des pronoms objets

Jean prend **l'auto rouge?** Oui, il **la** prend.

Tu as parlé **à Michel?** Non, je ne **lui** ai pas parlé.

C'est Gilbert qui a ouvert **la fenêtre?** Oui, c'est lui qui **l'**a ouvert**e**.

Tu veux **me** parler? Oui, je veux **te** parler.

En

En remplace **de** + une chose, **de** + un lieu, **de** dans une expression de quantité ou un nom après un nombre.

Exemples

Tu as choisi **des cadeaux?** Oui, j'**en** ai choisi.

Michel revient bientôt **de l'hôpital?** Oui, il **en** revient bientôt.

Anita est contente **de sa note?** Oui, elle **en** est contente.

Tu as assez **d'argent?** Oui, j'**en** ai assez.

Anne a acheté trois **disques?** Oui, elle **en** a acheté trois.

Y

Y remplace des prépositions (**à, dans, devant, sur, sous,** etc.) + une chose.

Exemples

Tu es allé **à la banque?** Oui, j'**y** suis allé.

Il a mis ses vêtements **sur son lit?** Oui, il **y** a mis ses vêtements.

Tu as bien répondu **à la question?** Oui, j'**y** ai bien répondu.

La place et l'accord des pronoms compléments d'objet dans les phrases à deux pronoms compléments.

phrases normales et impératif négatif

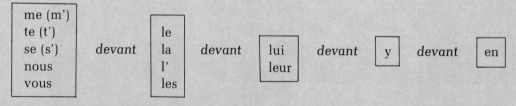

Exemples

M. Hébert **t'**a montré **son tapis?** Oui, il **me l'**a montré.

Tu **lui** as envoyé **ces fleurs?** Oui, je **les lui** ai envoyé**es.**

Il **vous** a expliqué **la réponse?** Non, il ne **nous l'**a pas expliqué**e.**

Elle **vous** a donné **sa réponse?** Non, mais elle va **nous la** donner demain.

Tu **te** souviens **de son adresse?** Non, je ne **m'en** souviens pas.

Tu **lui** donnes **cette bague?** Impossible! Ne **la lui** donne pas!

Vous **me** montrez **mon bulletin?** Ne **me le** montrez pas maintenant!

impératif affirmatif

Verbe *devant* | le | *devant* | moi |
                 | la | | lui |
                 | les| | nous|
                                  | leur|

Exemples

Vous avez **mes billets?** Donnez-**les-moi**, s'il vous plaît!

Je peux poser **ces questions au professeur?** Mais oui, pose-**les-lui**!

Les pronoms interrogatifs

	Personne	*Chose*
Sujet	Qui?	Qu'est-ce qui?
Objet	Qui?	Que?
	Qui est-ce que?	Qu'est-ce que?
Après une préposition	A qui?	De quoi?

Exemples

les sujets

Qui parle au téléphone?

Qu'est-ce qui va arriver?

les objets

Qui veux-tu inviter au concert?

Qui est-ce que tu veux inviter au concert?

Que fais-tu?

Qu'est-ce qu'il va faire?

Qu'est-ce que le professeur a dit?

après une préposition

A qui as-tu parlé?

De qui est-ce que tu as peur?

Avec quoi as-tu écrit cet exercice?

De quoi est-ce que les élèves se moquaient?

Les pronoms relatifs

qui (sujet)
Les élèves **qui** arrivent maintenant sont en retard.
L'argent **qui** est sur la table est à moi.

objet
que (objet)
Les élèves **que** le professeur regarde sont en retard.
L'argent **que** tu as remarqué sur la table est à moi.
L'histoire **qu'**elle a écrit**e** était très intéressante.

dont
De quel professeur ont-ils peur? Voilà le professeur **dont** ils ont peur.
De quel article as-tu besoin? Voilà l'article **dont** j'ai besoin.
Vous avez envie de cette bague? Ah oui! C'est cette bague **dont** j'ai envie.

ce qui (sujet sans antécédent)
Qu'est-ce qui va arriver? Je ne sais pas **ce qui** va arriver.

ce que (objet sans antécédent)
Qu'est-ce qu'il y a sous le lit? Dites-moi **ce qu'**il y a sous le lit!
Ce que j'aime dans ce livre, ce sont les illustrations.

ce dont
De quoi a-t-il peur? Il ne sait pas **ce dont** il a peur.
Ce dont il a besoin est un peu de sympathie.

VII   Les prépositions

jouer à, jouer de

André joue **au** hockey et **aux** cartes.
Serge joue **du** piano et **de** l'orgue.

+ nom géographique

aller/être **en** France **(pays féminin)**
          au Canada **(pays masculin)**
          aux Etats-Unis **(pays masculin pluriel)**
          à Rimouski **(ville)**

moyens de transport

à bicyclette	**en** auto	**par le** train
à cheval	**en** autobus	
à motocyclette	**en** avion	
à pied	**en** bateau	
	en métro	
	en taxi	

VIII   La négation

ne...pas   ne...aucun
ne...jamais   ne...personne   (ne...à personne)
ne...plus   ne...que
ne...rien

Exemples
au présent

Monique **n'**achète **rien. Rien n'**est intéressant.
Alain **ne** veut **pas** finir l'exercice.
Ils **ne** voient **personne.**
Qui est dans la cuisine? **Personne n'**est dans la cuisine.
Andrée **n'**écrit **à personne.**
Elle **n'**a **aucune** idée de ce qui va arriver.
Maurice **n'**a **qu'**une faute dans ses devoirs.

au passé composé et dans les phrases à deux verbes

Louise **n'a pas** acheté de robe. Marie **n'**a acheté **qu'**une robe.
Je **n'**ai **jamais** lu son roman. Je **n'**ai lu **aucun** roman de cet auteur.
Elle **ne** veut **rien** dire. Elle **ne** veut le dire **à personne.**

Attention!
Vous n'avez pas gagné le match? **Mais si,** nous l'avons gagné.
Si (**mais si**) remplace **oui** dans la réponse quand la question est à la forme négative.

IX   L'interrogatif

Ils parlent français?
Est-ce qu'ils parlent français?
Parlent-ils français?

Attention?
Va-**t**-il à l'université?
Achète-**t**-elle une nouvelle auto?
Parle-**t**-il espagnol?

173

Verbes

Les verbes réguliers (Regular Verbs)

Infinitif	**parler** *to speak*	**finir** *to finish*	**répondre** *to answer*
Impératif	parle parlons parlez	finis finissons finissez	réponds répondons répondez
Participe présent	parlant	finissant	répondant
Présent	je parle tu parles il parle elle parle nous parlons vous parlez ils parlent elles parlent	je finis tu finis il finit elle finit nous finissons vous finissez ils finissent elles finissent	je réponds tu réponds il répond elle répond nous répondons vous répondez ils répondent elles répondent
Imparfait	je parlais tu parlais il parlait elle parlait nous parlions vous parliez ils parlaient elles parlaient	je finissais tu finissais il finissait elle finissait nous finissions vous finissiez ils finissaient elles finissaient	je répondais tu répondais il répondait elle répondait nous répondions vous répondiez ils répondaient elles répondaient
Futur	je parlerai tu parleras il parlera elle parlera nous parlerons vous parlerez ils parleront elles parleront	je finirai tu finiras il finira elle finira nous finirons vous finirez ils finiront elles finiront	je répondrai tu répondras il répondra elle répondra nous répondrons vous répondrez ils répondront elles répondront

Passé composé	j'ai parlé	j'ai fini	j'ai répondu
	tu as parlé	tu as fini	tu as répondu
	il a parlé	il a fini	il a répondu
	elle a parlé	elle a fini	elle a répondu
	nous avons parlé	nous avons fini	nous avons répondu
	vous avez parlé	vous avez fini	vous avez répondu
	ils ont parlé	ils ont fini	ils ont répondu
	elles ont parlé	elles ont fini	elles ont répondu

Les verbes avec changement d'orthographe (Verbs with spelling changes)

acheter *to buy* (**peser** *to weigh*)

Présent	j'achète, tu achètes, il/elle/on achète, nous achetons, vous achetez, ils/elles achètent
Imparfait	il achetait, nous achetions, ils achetaient
Futur	il achètera, nous achèterons, ils achèteront
Passé composé	j'ai acheté

appeler *to call*

Présent	j'appelle, tu appelles, il/elle/on appelle, nous appelons, vous appelez, ils/elles appellent
Imparfait	il appelait, nous appelions, ils appelaient
Futur	il appellera, nous appellerons, ils appelleront
Passé composé	j'ai appelé

commencer *to begin* (and all verbs ending in **-cer**)

Présent	je commence, tu commences, il/elle/on commence, nous commençons, vous commencez, ils/elles commencent
Imparfait	il commençait, nous commencions, ils commençaient
Futur	il commencera, nous commencerons, ils commenceront
Passé composé	j'ai commencé

essayer *to try* (and all verbs ending in **-ayer, -oyer, -uyer**)

Présent	j'essaie, tu essaies, il/elle/on essaie, nous essayons, vous essayez, ils/elles essaient
Imparfait	il essayait, nous essayions, ils essayaient
Futur	il essayera/essaiera, nous essayerons/essaierons, ils essayeront/essaieront
Passé composé	j'ai essayé

jeter *to throw*

Présent	je jette, tu jettes, il/elle/on jette, nous jetons, vous jetez, ils/elles jettent
Imparfait	il jetait, nous jetions, ils/elles jetaient
Futur	il jettera, nous jetterons, ils jetteront
Passé composé	j'ai jeté

lever *to raise*

Présent	je lève, tu lèves, il/elle/on lève, nous levons, vous levez, ils/elles lèvent
Imparfait	il levait, nous levions, ils levaient
Futur	il lèvera, nous lèverons, ils lèveront
Passé composé	j'ai levé

	manger *to eat* (and other verbs ending in **-ger**)
Présent	je mange, tu manges, il/elle/on mange, nous mangeons, vous mangez, ils/elles mangent
Imparfait	il mangeait, nous mangions, ils mangeaient
Futur	il mangera, nous mangerons, ils mangeront
Passé composé	j'ai mangé

	préférer *to prefer* (**répéter** *to repeat, etc.*)
Présent	je préfère, tu préfères, il/elle/on préfère, nous préférons, vous préférez, ils/elles préfèrent
Imparfait	il préférait, nous préférions, ils préféraient
Futur	il préférera, nous préférerons, ils préféreront
Passé composé	j'ai préféré

Les verbes réfléchis (Reflexive Verbs)

	se peigner *to groom oneself to comb one's hair*	s'habiller *to get dressed*
Infinitif	**se peigner** *to groom oneself* *to comb one's hair*	**s'habiller** *to get dressed*
Impératif affirmatif	peigne-toi	habille-toi
	peignons-nous	habillons-nous
	peignez-vous	habillez-vous
Impératif négatif	ne te peigne pas	ne t'habille pas
	ne nous peignons pas	ne nous habillons pas
	ne vous peignez pas	ne vous habillez pas
Participe présent	se peignant	s'habillant
Présent	je me peigne	je m'habille
	tu te peignes	tu t'habilles
	il se peigne	il s'habille
	elle se peigne	elle s'habille
	nous nous peignons	nous nous habillons
	vous vous peignez	vous vous habillez
	ils se peignent	ils s'habillent
	elles se peignent	elles s'habillent
Imparfait	je me peignais	je m'habillais
	tu te peignais	tu t'habillais
	il se peignait	il s'habillait
	elle se peignait	elle s'habillait
	nous nous peignions	nous nous habillions
	vous vous peigniez	vous vous habilliez
	ils se peignaient	ils s'habillaient
	elles se peignaient	elles s'habillaient
Futur	je me peignerai	je m'habillerai
	tu te peigneras	tu t'habilleras
	il se peignera	il s'habillera
	elle se peignera	elle s'habillera
	nous nous peignerons	nous nous habillerons
	vous vous peignerez	vous vous habillerez
	ils se peigneront	ils s'habilleront
	elles se peigneront	elles s'habilleront

Passé composé	je me suis peigné(e)	je me suis habillé(e)
	tu t'es peigné(e)	tu t'es habillé(e)
	il s'est peigné	il s'est habillé
	elle s'est peignée	elle s'est habillée
	nous nous sommes peigné(e)s	nous nous sommes habillé(e)s
	vous vous êtes peigné(e)(s)	vous vous êtes habillé(e)(s)
	ils se sont peignés	ils se sont habillés
	elles se sont peignées	elles se sont habillées

Les verbes irréguliers (Irregular verbs)

aller *to go*

Présent	je vais, tu vas, il/elle/on va, nous allons, vous allez, ils/elles vont
Imparfait	il allait, nous allions, ils allaient
Futur	il ira, nous irons, ils iront
Passé composé	je suis allé(e)

avoir *to have*

Présent	j'ai, tu as, il/elle/on a, nous avons, vous avez, ils/elles ont
Participe présent	ayant
Imparfait	il avait, nous avions, ils avaient
Futur	il aura, nous aurons, ils auront
Passé composé	j'ai eu

battre *to hit*

Présent	je bats, tu bats, il/elle/on bat, nous battons, vous battez, ils/elles battent
Imparfait	il battait, nous battions, ils battaient
Futur	il battra, nous battrons, ils battront
Passé composé	j'ai battu

boire *to drink*

Présent	je bois, tu bois, il/elle/on boit, nous buvons, vous buvez, ils/elles boivent
Imparfait	il buvait, nous buvions, ils buvaient
Futur	il boira, nous boirons, ils boiraient
Passé composé	j'ai bu

connaître *to know* (**disparaître** *to disappear*)

Présent	je connais, tu connais, il/elle/on connaît, nous connaissons, vous connaissez, ils/elles connaissent
Imparfait	il connaissait, nous connaissions, ils connaissaient
Futur	il connaîtra, nous connaîtrons, ils connaîtront
Passé composé	j'ai connu

construire *to build* (**détruire** *to destroy*)

Présent	je construis, tu construis, il/elle/on construit, nous construisons, vous construisez, ils/elles construisent
Imparfait	il construisait, nous construisions, ils construisaient
Futur	il construira, nous construirons, ils construiront
Passé composé	j'ai construit

courir *to run*

Présent	je cours, tu cours, il/elle/on court, nous courons, vous courez, ils/elles courent
Imparfait	il courait, nous courions, ils couraient
Futur	il courra, nous courrons, ils courront
Passé composé	j'ai couru

croire *to believe*

Présent	je crois, tu crois, il/elle/on croit, nous croyons, vous croyez, ils/elles croient
Imparfait	il croyait, nous croyions, ils croyaient
Futur	il croira, nous croirons, ils croiront
Passé composé	j'ai cru

devoir *to owe, to have to*

Présent	je dois, tu dois, il/elle/on doit, nous devons, vous devez, ils/elles doivent
Imparfait	il devait, nous devions, ils devaient
Futur	il devra, nous devrons, ils devront
Passé composé	j'ai dû

dire *to say, to speak, to tell*

Présent	je dis, tu dis, il/elle/on dit, nous disons, vous dites, ils/elles disent
Imparfait	il disait, nous disions, ils disaient
Futur	il dira, nous dirons, ils diront
Passé composé	j'ai dit

dormir *to sleep* (**mentir** *to lie*)

Présent	je dors, tu dors, il/elle/on dort, nous dormons, vous dormez, ils/elles dorment
Imparfait	il dormait, nous dormions, ils dormaient
Futur	il dormira, nous dormirons, ils dormiront
Passé composé	j'ai dormi

écrire *to write* (**décrire** *to describe*)

Présent	j'écris, tu écris, il/elle/on écrit, nous écrivons, vous écrivez, ils/elles écrivent
Imparfait	il écrivait, nous écrivions, ils écrivaient
Futur	il écrira, nous écrirons, ils écriront
Passé composé	j'ai écrit

éteindre *to put out, to extinguish* (verbs in **-eindre, -aindre**)

Présent	j'éteins, tu éteins, il éteint, nous éteignons, vous éteignez, ils éteignent
Imparfait	il éteignait, nous éteignions, ils éteignaient
Futur	il éteindra, nous éteindrons, ils éteindront
Passé composé	j'ai éteint

être *to be*

Présent	je suis, tu es, il/elle/on est, nous sommes, vous êtes, ils/elles sont
Participe présent	étant
Imparfait	il était, nous étions, ils étaient
Futur	il sera, nous serons, ils seront
Passé composé	j'ai été

faire *to do, to make*

Présent	je fais, tu fais, il/elle/on fait, nous faisons, vous faites, ils/elles font
Imparfait	il faisait, nous faisions, ils faisaient
Futur	il fera, nous ferons, ils feront
Passé composé	j'ai fait

falloir *to be necessary*

Présent	il faut
Imparfait	il fallait
Futur	il faudra
Passé composé	il a fallu

lire *to read*

Présent	je lis, tu lis, il/elle/on lit, nous lisons, vous lisez, ils lisent
Imparfait	il lisait, nous lisions, ils lisaient
Futur	il lira, nous lirons, ils liront
Passé composé	j'ai lu

mettre *to put* (**commettre** *to commit,* **permettre** *to permit,* **promettre** *to promise*)

Présent	je mets, tu mets, il/elle/on met, nous mettons, vous mettez, ils/elles mettent
Imparfait	il mettait, nous mettions, ils mettaient
Futur	il mettra, nous mettrons, ils mettraient
Passé composé	j'ai mis

ouvrir *to open* (**découvrir** *to discover,* **offrir** *to offer,* **souffrir** *to suffer*)

Présent	j'ouvre, tu ouvres, il ouvre, nous ouvrons, vous ouvrez, ils ouvrent
Imparfait	il ouvrait, nous ouvrions, ils ouvraient
Futur	il ouvrira, nous ouvrirons, ils ouvriront
Passé composé	j'ai ouvert

partir *to leave, to go away* (**sortir** *to leave*)

Présent	je pars, tu pars, il/elle/on part, nous partons, vous partez, ils/elles partent
Imparfait	il partait, nous partions, ils partaient
Futur	il partira, nous partirons, ils partiront
Passé composé	je suis parti(e)
	je suis sorti(e), j'ai sorti

pleuvoir *to rain*

Présent	il pleut
Imparfait	il pleuvait
Futur	il pleuvra
Passé composé	il a plu

pouvoir *to be able*

Présent	je peux, tu peux, il/elle/on peut, nous pouvons, vous pouvez, ils/elles peuvent
Imparfait	il pouvait, nous pouvions, ils pouvaient
Futur	il pourra, nous pourrons, ils pourront
Passé composé	il a pu

prendre *to take* (**apprendre** *to learn,* **comprendre** *to understand*)

Présent	je prends, tu prends, il/elle/on prend, nous prenons, vous prenez, ils/elles prennent
Imparfait	il prenait, nous prenions, ils prenaient
Futur	il prendrai, nous prendrons, ils prendront
Passé composé	j'ai pris

recevoir *to receive*

Présent	je reçois, tu reçois, il/elle/on reçoit, nous recevons, vous recevez, ils/elles reçoivent
Imparfait	il recevait, nous recevions, ils recevaient
Futur	il recevra, nous recevrons, ils recevront
Passé composé	j'ai reçu

résoudre *to resolve, to solve*

Présent	je résous, tu résous, il/elle/on résout, nous résolvons, vous résolvez, ils/elles résolvent
Imparfait	il résolvait, nous résolvions, ils résolvaient
Futur	il résoudra, nous résoudrons, ils résoudront
Passé composé	j'ai résolu

rire *to laugh*

Présent	je ris, tu ris, il/elle/on rit, nous rions, vous riez, ils/elles rient
Imparfait	il riait, nous riions, ils riaient
Futur	il rira, nous rirons, ils riront
Passé composé	j'ai ri

savoir *to know*

Présent	je sais, tu sais, il/elle/on sait, nous savons, vous savez, ils savent
Participe présent	sachant
Imparfait	il savait, nous savions, ils savaient
Futur	il saura, nous saurons, ils sauront
Passé composé	j'ai su

suivre *to follow*

Présent	je suis, tu suis, il/elle/on suit, nous suivons, vous suivez, ils/elles suivent
Imparfait	il suivait, nous suivions, ils suivaient
Futur	il suivra, nous suivrons, ils suivront
Passé composé	j'ai suivi

se taire *to be silent, to be quiet*

Présent	je me tais, tu te tais, il/elle/on se tait, nous nous taisons, vous vous taisez, ils/elles se taisent
Imparfait	il se taisait, nous nous taisions, ils se taisaient
Futur	il se taira, nous nous tairons, ils se tairont
Passé composé	je me suis tu(e)

venir *to come* (**tenir** *to hold*, **devenir** *to become*, **revenir** *to come back*)

Présent	je viens, tu viens, il/elle/on vient, nous venons, vous venez, ils/elles viennent
Imparfait	il venait, nous venions, ils venaient
Futur	il viendra, nous viendrons, ils viendront
Passé composé	je suis venu(e), (j'ai tenu)

voir *to see*

Présent	je vois, tu vois, il/elle/on voit, nous voyons, vous voyez, ils/elles voient
Imparfait	il voyait, nous voyions, ils voyaient
Futur	il verra, nous verrons, ils verront
Passé composé	j'ai vu

vouloir *to want*

Présent	je veux, tu veux, il/elle/on veut, nous voulons, vous voulez, ils/elles veulent
Imparfait	il voulait, nous voulions, ils voulaient
Futur	il voudra, nous voudrons, ils voudront
Passé composé	j'ai voulu

Chiffres (Numbers)

0	zéro	23	vingt-trois	74	soixante-quatorze
1	un, une	24	vingt-quatre	75	soixante-quinze
2	deux	25	vingt-cinq	76	soixante-seize
3	trois	26	vingt-six	77	soixante-dix-sept
4	quatre	27	vingt-sept	78	soixante-dix-huit
5	cinq	28	vingt-huit	79	soixante-dix-neuf
6	six	29	vingt-neuf	80	quatre-vingts
7	sept	30	trente	81	quatre-vingt-un
8	huit	31	trente et un	82	quatre-vingt-deux
9	neuf	32	trente-deux	90	quatre-vingt-dix
10	dix	40	quarante	91	quatre-vingt-onze
11	onze	41	quarante et un	92	quatre-vingt-douze
12	douze	42	quarante-deux	100	cent
13	treize	50	cinquante	101	cent un
14	quatorze	51	cinquante et un	102	cent deux
15	quinze	52	cinquante-deux	200	deux cents
16	seize	60	soixante	201	deux cent un
17	dix-sept	61	soixante et un	202	deux cent deux
18	dix-huit	62	soixante-deux	1 000	mille
19	dix-neuf	70	soixante-dix	2 000	deux mille
20	vingt	71	soixante et onze	2 100	deux mille cent
21	vingt et un	72	soixante-douze	1 000 000	un million
22	vingt-deux	73	soixante-treize	1 000 000 000	un milliard

Jours de la semaine (Days of the week)

lundi   mardi   mercredi   jeudi   vendredi   samedi   dimanche

Mois de l'année (Months of the year)

janvier février mars avril mai juin juillet août septembre octobre novembre décembre
C'est aujourd'hui le mardi quinze juillet mil neuf cent (dix-neuf cent) quatre-vingt-deux.
Today is Tuesday, July 15, 1982.

L'heure (Time)

Il est une heure.	It is one o'clock.
Il est deux heures.	It is two o'clock.
Il est trois heures.	It is three o'clock.
Il est quatre heures.	It is four o'clock.
Il est cinq heures.	It is five o'clock.
Il est six heures.	It is six o'clock.
Il est sept heures.	It is seven o'clock.
Il est huit heures.	It is eight o'clock.
Il est neuf heures.	It is nine o'clock.
Il est dix heures.	It is ten o'clock.
Il est onze heures.	It is eleven o'clock.
Il est midi.	It is noon.
Il est minuit.	It is midnight.
Il est une heure cinq.	It is five minutes past one.
Il est deux heures et quart.	It is a quarter past two.
Il est trois heures et demie.	It is half past three.
Il est quatre heures moins vingt-cinq.	It is twenty-five minutes to four.
Il est midi moins (le) quart.	It is a quarter to twelve.
Il est midi et demi.	It is half past twelve.
Il est quatre heures moins cinq.	It is five minutes to four.

Provinces du Canada

Province	Capitale	Province	Capitale
La Colombie Britannique	Victoria	Le Nouveau-Brunswick	Frédéricton
L'Alberta	Edmonton	La Nouvelle-Ecosse	Halifax
La Saskatchewan	Régina	L'Ile du Prince-Edouard	Charlottetown
Le Manitoba	Winnipeg	Terre-Neuve	Saint-Jean
L'Ontario	Toronto	Le Yukon	Whitehorse
Le Québec	Québec	Les Territoires du Nord-Ouest	Yellowknife

Vocabulaire

Le numéro indique l'unité dans laquelle le mot ou l'expression paraît pour la première fois. La lettre A après le numéro de l'unité indique que le mot fait partie du vocabulaire actif. L'astérisque placé après le numéro de l'unité indique que le mot faisait partie du vocabulaire actif de *A vos places!* ou de *Attention!*

The number after each entry indicates the unit in which the word or expression appears for the first time. The letter A after the unit number indicates that the word is an active vocabulary word. An asterisk after the unit number indicates that the word was an active vocabulary word in *A vos places!* or *Attention!*

à to, at 1
    ___ **côté** wide, to the side 1
    ___ **côté de** beside 1
    ___ **pied** on foot 1*
    ___ **propos** by the way 1
abandonner to abandon, to desert 1
abord *m.* landing, arrival, access
    d'___ at first, first, to begin with 1
absence *f.* absence 4
abri *m.* shelter, cover 1
absolument absolutely 1
accent *m.* accent 3
    ___ **aigu** acute accent,(´) 3
accepter to accept 3
accident *m.* accident 4
accompagner to accompany 1
accomplissement *m.* accomplishment 3
accord *m.* agreement
    être d'___ to agree 1*
s'accorder to agree 2
accueillir to receive, to welcome 4
accuser to accuse 3
acheter to buy 1*
acteur *m.* actor 1
actif, active active 1
action *f.* action 1
activité *f.* activity 1
actrice *f.* actress 1
adaptation *f.* adaptation 2
addition *f.* bill, addition 3
adjectif *m.* adjective 1
admettre to admit 3
admirateur *m.*, **admiratrice** *f.* admirer, fan 2

admiration *f.* admiration 2
admirer to admire 2
adorable adorable 4
adorer to adore, to love, to like 2*
adulte *m.&f.* adult 1
adverbe *m.* adverb 2
adversaire *m.* adversary, opponent, antagonist, rival, competitor 2
affaire *f.* affair, business, concern, matter 3
affecté, -e affected 3
affection *f.* affection 2
affectueux, affectueuse affectionate 2
affectueusement affectionately, fondly, tenderly 4
afin de to, in order that 1A
affirmatif, affirmative affirmative 1*
âge *m.* age 1*
âgé, -e aged, elderly, old 3
agent de police *m.* policeman 1
agir to act, to do, to operate 4
s'agir (de) to be in question, to deal (with) 3
agité, -e troubled, disturbed 4
agneau *m.*, **agnelle** *f.* lamb 3
agréable agreeable, pleasant 1
agressif, agressive aggressive 2
agriculteur *m.* farmer, agriculturist 1
aide *f.* help 1*
    à l'___ **de** with the help of 3
aider to help 1*
aigle *m.* eagle 1
aigu, -ë sharp, pointed, acute 3
    accent ___ acute accent, (´) 3
ailleurs elsewhere 3
aimable kind, agreeable, pleasant 2
aimer to like, to love 1
ainsi thus, so, in this or that manner 2A
air *m.* air 1; appearance, look 3*
    avoir l'___ **de** to seem, to appear, to look 3*
    en plein ___ in the open air 1*
aise *f.* ease, comfort 1A
    à l'___ at ease, comfortable 1A
    mal à l'___ uncomfortable, ill at ease 1A
ajouter to add 1
ajuster to adjust 2
alcool *m.* alcohol 1
aliment *m.* food, nourishment 2
allée *f.* path 1
allemand *m.* German language 2

aller to go 1*
allergique allergic 4
allumer to light, to turn on 2A
alors then, therefore, so 2A
amandine with almonds 3
amant *m.* lover 4
ambitieux, ambitieuse ambitious 2
améliorer to improve, to make better 3*
Amérique du Nord *f.* North America 2
Amérique du Sud *f.* South America 2
ami *m.*, **amie** *f.* friend 1
    petit(e) ___ boy(girl)friend 2
amitiés *f.pl.* kind regards 4
amour *m.* love 2A
amphétamine *f.* amphetamine 1
amusant, -e amusing 1*
amuser to amuse, to entertain 2
s'amuser to enjoy oneself, to have a good time 1*
an *m.* year 1
    avoir 65 ___**s** to be 65 years old 2*
    nouvel ___ new year 2
    par ___ (in) a year 1
analyser to analyse 2
anglais, -e English 1*
Anglais *m.*, **Anglaise** *f.* an Englishman/Englishwoman 1*
anglais *m.* English language 4*
Angleterre *f.* England 1
angulaire angular, pointed 2
animal *m.* (*pl.* **animaux**) animal 1
    ___ **sauvage** wild animal 2
    Société protectrice des animaux Humane Society 3
animé, -e lively 2
anneau *m.* (*pl.* **anneaux**) ring 3
année *f.* year 1*
    ___ **passée** last year 2
anniversaire *m.* birthday, anniversary 2
annonce *f.* announcement, advertisement 1*
    ___ **publicitaire** advertisement 2
antécédent *m.* antecedent 3
aplomb *m.* nerve, audacity 2
apparaître to appear, to seem 2
appareil *m.* appliance 4
appartement *m.* apartment 4
appartenir (à) to belong (to)
appel *m.* call 3
appeler to call, to summon 1*
appétit *m.* appetite 3
applaudir to clap, to applaud 2*

apporter to carry, to bring 1
apprécier to appreciate 2
apprendre to learn 3*
approcher to bring, to put, to come, to draw near or nearer 4A
s'approcher (de) to approach, to advance 1, 4A
approprié, -e appropriate 3
après after 1
   d'__ according to 3
après-midi m. afternoon 2*
aptitude f. natural disposition, taste or capacity (for) 2
arbre m. tree 1*
architecte m.&f. architect 2*
Arctique f. Arctic 1
argent m. money 1; silver 4*
   __ de poche m. pocket-money 1
   en __ silver 4
arpenteur m. surveyor 1
arrêter to stop 4
s'arrêter to stop, to come to a halt, to break off 2*
arrivée f. arrival 1
arriver to arrive 1; to happen, to take place 3
arrondi, -e rounded 2
arrondir to make round, to give a curved shape, to round off 2
art m. art, skill 2
   __s dramatiques Dramatic Arts 2
artichaut m. artichoke 3
   coeur d'__ artichoke heart 3
article m. article 2
   __ défini definite article 2
   __ indéfini indefinite article 2
artifice m. device, trick 1
   feu d'__ firework display, fireworks 1
artificiel, artificielle artificial 3
artistique artistic 1
ascenseur m. elevator 2
asperge f. asparagus 3
aspirine f. aspirin 2
s'asseoir to sit, to take a seat 4
assez enough 1*
   __ de enough 2*
assiette f. plate 2
assis, -e seated, sitting down 2
assister (à) to attend, to look on, to be present at 3
associer to associate 4
190 **assurer** to assure 1

astéroïde m. asteroid 3
astronaute m. astronaut 3
athlète m. athlete 3
attaquer to attack 2
attendre to wait for, to expect, to look forward to 1*
attente f. waiting, expectation 2
attention f. attention 3
   faire __ to pay attention 3*
s'attirer to attract, to draw to, to incur 2
attraction f. attraction 1
attraper to catch 4
aucun, -e any 1*
   ne . . . __ not any 4
audace f. daring, boldness, audacity 1
augmenter to increase, to raise, to step up 2
aujourd'hui today 1*
auparavant before, earlier 1*
auprès near, by, close by 1
au revoir goodbye 2
aussi also 1
   __ . . . que as . . . as 4*
aussitôt que as soon as 4A
Australie f. Australia 2
autant as much, as many 4
   __ de . . . que as much . . . as 4
auteur m. author, creator, maker 3
auto f. car 1
   en __ by car 1
autobus m. bus 3
autographe m. autograph 2
automne f. autumn
   en __ in autumn 1
autorité f. authority 1
autour (de) around 1
autre other, another 1*
autre m.&f. another person, someone else 1
   d'__s others 1
autrefois formerly 1
autrement otherwise 2
avancer to move forward, to bring forward, to advance 3
avant before 1*
avantage m. advantage 2
avare stingy, miserly 2
avec with 1*
avenir m. future 1, 3A
aventure f. adventure 1*
aventurier m., **aventurière** f. adventurer, adventuress 2
aveugle blind 1*

avion m. airplane 1
   en __ by plane 1*
avis m. opinion 1
   à ton __ in your opinion 1
   changer d'__ to change one's mind 3
avocat m., **avocate** f. lawyer 3
avoir to have 1*
   __ 65 ans to be 65 years old 2*
   __ besoin de to need 1*
   __ chaud to be hot (people) 1*
   __ envie (de) to want (to) 2*
   __ faim to be hungry 1*
   __ froid to be cold (people) 2*
   __ hâte de to be anxious (to), to be in a hurry (to) 4
   __ l'intention de to intend to 1
   __ lieu to take place 4
   __ mal aux dents to have a toothache 2
   __ mal au dos to have a backache 4
   __ peur (de) to be afraid (of) 1*
   __ soif to be thirsty 2*
   __ du succès to be successful 2
   __ tort to be wrong 1*

bague f. ring 4A
baie f. bay, gulf, 1A
se baigner to go swimming 1
baignoire f. bathtub 1*
bain m. bath 1
bal m. ball, dance 1
   __ masqué costume party
balle f. ball 2
ballet m. ballet 1
ballon m. ball 1
banane f. banana 2
banlieue f. suburbs, outskirts 2*
banque f. bank 1
barbe f. beard 1*
bar-b-que m. barbecue 1
bas m. lower part of something 4A
bas, basse low 4A
bas adv. low 4A
   au __ de at the bottom of 4A
   en __ below, downstairs 4A
   de haut en __ from top to bottom 4A
base-ball m. baseball 2
   jouer au __ to play baseball 4
basket-ball m. basketball 2
bateau m. boat 4*
bâtiment m. building 1
bâtonnet m. short stick, rod 2

se **battre** to fight 2
beau, bel, belle, beaux, belles
beautiful 1
    faire ___ to be nice (weather) 1*
beaucoup very much, a lot 1*
    ___ **de** a lot of 1*
beauté *f.* beauty 3
bébé *m.&f.* baby 2
besoin *m.* need 1
    avoir ___ **de** to need 1*
bête silly, stupid 1*
bêtise *f.* silliness, nonsense, stupidity 1
    dire des ___**s** to talk nonsense 1*
beurre *m.* butter 3
bibliothèque *f.* library 1*
bien well 1
    ___ **cuit** well done (meat) 3
    ___ **sûr** of course, certainly 2
bientôt soon 1
bilingue bilingual 1*
billet *m.* ticket 1
biscuit *m.* cookie 1
bison *m.* buffalo 1A
bisque *f.* soup (made of crayfish, chicken or game) 3
bizarre bizarre, strange 4
blague *f.* joke 1*
Blanc *m.*, **Blanche** *f.* white man/white woman 1
blanc, blanche white 4
blessé, -e wounded 1A
blesser to wound, to hurt, to injure 1
se **blesser** to hurt oneself 2
bleu, -e blue 1
boeuf *m.* beef 3
boire to drink 1
bois *m.* wood, forest 1
boisson *f.* drink 1
boîte *f.* box 1
bon, bonne good 1*
    bonne chance! good luck! 2
bonbon *m.* candy 1
bonheur *m.* happiness 3*
bord *m.* edge, bank 1
    au ___ **de** at the edge of 1
border to border, to edge 1
bouche *f.* mouth 4
bouger to move 2
bougie *f.* candle 2
bouillir to boil 1
    faire ___ to bring to a boil 1
boule *f.* ball, bowl 3
    ___ **de cristal** crystal ball 3

bouleversé, -e upset, surprised, shocked, overwhelmed 4A
bouleverser to distress, to upset, to disrupt 2
bouteille *f.* bottle 2
bracelet *m.* bracelet 4
brave brave, gallant, worthy, honest 4
briller to shine, to glitter, to sparkle 1, 4A
britannique British 1
broche *f.* spit, spindle, skewer 3
brocoli *m.* broccoli 3
brouillard *m.* fog, mist, haze 2
bruit *m.* noise 1
brûlant, -e burning 2*
brûler to burn 1
se **brûler** to burn oneself 3
bulletin *m.* report card, bulletin 2*
bureau *m.* (*pl.* **bureaux**) office 2, desk 4

ça that 1
cabane *f.* hut, shed, cabin 4
caché, -e hidden 1
cacher to hide 1
se **cacher** to hide oneself 4
cadeau *m.* (*pl.* **cadeaux**) present, gift 1
café *m.* coffee 1
cafétéria *f.* cafeteria 1
cahier *m.* notebook 3
calcul *m.* calculation, arithmetic, computation 3
calme calm 1
se **calmer** to calm oneself 2
caméra *f.* movie camera 2
camion *m.* truck 1
campagne *f.* country 2*
    à la ___ in the country 2
camping *m.* camping 1
Canada *m.* Canada 1
canadien, -ne Canadian 1*
Canadien *m.*, **Canadienne** *f.* Canadian 1
    ___ **français, -e** French-Canadian 4
canard *m.* duck 3
cannelle *f.* cinnamon 1
capable capable 1
car for, because 1
caractère *m.* character, personality, letter, type 1, 3A
    en ___**s gras** in bold typeface 1
caramel *m.* caramel 3

cardinal, -e (*pl.* **cardinaux**) cardinal (number) 1
carnaval *m.* carnival 4
carotte *f.* carrot 3
carrière *f.* career 2A
carte *f.* card, map 1*
    ___ **postale** postcard 1
    jouer aux ___**s** to play cards 1
cas *m.* case 1, 2A
    en ___ **de** in case of 2A
cascadeur *m.*, **cascadeuse** *f.* stuntman 2
casse-cou. *m.* stuntman 2
casser to break 2
se **casser** to break 1
casserole *f.* saucepan 1
catholique Roman Catholic 1
cause *f.* cause 2
    à ___ **de** because of 2
causer to cause 1
caverne *f.* cave 1
ce, cet, cette, ces this, that, these 1*
    ___ **dont** that, of which 4
    ___ **que** that which, what 2
    ___ **qui** that which, what 2
céder to give up, to surrender, to cede 3A
cela that 3
célèbre famous 1
célébrer to celebrate 1
celui *m.*, **celle** *f.* (*pl.* **ceux, celles**) the one 2
centaine *f.* (around) a hundred 1*
centre *m.* centre, middle 4*
    au ___ **de** in the centre of 4
certain, -e certain, sure; (*pl.*) some 3
certainement certainly 2*
cesse *f.* ceasing, intermission 1
cesser to stop, to cease 2
chacun, -e each, each one, every one 3
chaise *f.* chair 2
chaleur *f.* heat, warmth 4A
chaleureux, chaleureuse warm, spirited 2
chambre *f.* bedroom 2
    ___ **d'hôtel** hotel room 3
champ *m.* field 1*
champignon *m.* mushroom 3
champion *m.*, **championne** *f.* champion 3*
chance *f.* luck, chance 2
chanceux, chanceuse lucky 1
chandail *m.* sweater 1

191

changer to change 1
— d'avis to change one's mind 3
chanson f. song 1
chant m. singing, song 1
chanter to sing 1*
chanteur m., chanteuse f. singer 2*
chapeau m. hat 1
chaque each, every 1
charitable charitable 4
chasse f. hunt, hunting 1
faire la — to hunt 1
chasser to chase, to hunt 1*
chasseur m. hunter 1
chat m. cat 1
château m. castle, mansion, palace 1
chaud, -e warm, hot 1
faire — to be hot (weather) 4*
temps — warm weather 4
chaudron m. cauldron 4
chauffer to heat, to warm 3A
chauffeur m., chauffeuse f. chauffeur, driver 3
chef m. head, chief; chef; principal; founder 1
chef-électricien m. chief electrician 2
chemin m. path, way, road 1*
— de fer railway 1A
chemise f. shirt 1
chèque m. cheque 3
cher, chère dear 1; expensive 3*
chercher to look for 1
cheval m. (pl. chevaux) horse 1
— de fer iron horse 1
cheveux m.pl. hair 1
chez at, at (to) the home of 1
chic (inv.) stylish, chic 2
chien m. dog 1
— sauvage wild dog 4
chinois, -e Chinese 1*
chocolat m. chocolate 1
choisir to choose 1*
choix m. choice 2*
chômage m. unemployment 1
choqué, -e shocked 4
choquer to shock 1
chose f. thing 1
quelque — something 1
chou-fleur m. (pl. choux-fleurs)
cauliflower 3
chuchoter to whisper 4
cidre m. cider 1
ciel m. sky 1
cigarette f. cigarette 1

cinéma m. cinema, show 2
circonstance f. circumstance, occurrence 2
classe f. class 1
clé f. (clef) key 1
fermer la porte à — to lock the door 1
client m., cliente f. client, customer 3
climat m. climate 3*
cloche f. bell 4
clou m. nail
— de girofle m. clove 1
coca m. Coke, Coca-Cola 2
cocktail m. cocktail 3
coeur m. heart 1
— d'artichaut artichoke heart 3
coiffer to do the hair of 4
— Sainte Catherine to dress the statue of Saint Catherine 3
coin m. corner 1*
au — at, on the corner 1
collège m. college, high school 3
coller to paste, to glue, to stick together 4
collier m. necklace 4A
colline f. hill 1A
collision f. collision 1
colombe f. dove 2
colon m. colonist 1
colonie f. colony 1
colonisation f. colonization 1
coloniser to colonize 3
colonne f. column 1
colossal, -e colossal, huge 1
combattre to fight, to combat 3
combien how much, how many 2
combiner to combine 1
comique funny, comical 3
commande f. order 2
sur — on order 2
commander to order, to command 2
comme like, as 1*
— ça like this, like that 2
comment how 1
commentaire m. commentary 2
commerçant m., commerçante f. merchant 1
commencer to begin 1
commun, -e common, general, universal 3
communication f. communication, call (telephone) 3
compagnie f. company, society 1

comparaison f. comparison 4
comparatif m. comparative 2
comparer to compare 4
compétition f. competition 1
complément m. complement 1
complet m. suit 1*
complet, complète complete 3
complètement completely 1
complété, -e completed 4
compléter to complete 1
complexe complex, complicated 2
compliqué, -e complicated 3
composer to compose (music) 1; to dial (telephone) 3
composition f. composition 1
compte m. account 3
comprendre to understand 1*
compris, -e included, understood 3
mal — misunderstood 3
concernant concerning 3
concerner to concern 4
en ce qui concerne concerning 4
concert m. concert 1
condamné, -e sentenced, condemned 1
condition f. condition, state, rank 2
conduire to drive 1
confédération f. confederation 1
confiant, -e confident 2
conflit m. conflict 1*
confortable comfortable 1
confusion f. confusion 4
connaissance f. knowledge, acquaintance, consciousness 1
faire la — de quelqu'un to meet someone, to make someone's acquaintance 2
perdre — to faint 4
prendre — (de) to take notice, to acknowledge 4
connaître to know, to be acquainted with 1*
connu, -e known 2
connu m. known person 1
consacrer to devote, to dedicate 1
conséquence f. consequence 1
en — accordingly, consequently 1
conséquent, -e logical, consistent 4
par — consequently 4
conserver to conserve 1
considérable considerable 1
considérer to consider 1
constamment constantly 2
constructon f. construction 1

construire to build, to construct 1, 3A
consulter to consult 1
contacter to contact 1
contenir to hold, to contain 3
contexte *m.* context 1
continent *m.* continent 1
contraire *m.* opposite 1
  au __ on the contrary 1
contravention *f.* traffic ticket, minor offence 1
contre against 1
  par __ on the other hand 2
contrôler to control 3
convenir to suit, to fit 1
convenable suitable, convenient 2
conversation *f.* conversation 1
copain *m.*, **copine** *f.* friend, chum, buddy 1*
copier to copy 3
coquille *f.* shell 3
corps *m.* body 1*
correspondre to correspond 3
corrigé *m.* answer key 4
corriger to correct 1
costume *m.* costume, dress 1
  répétition en plein __ dress rehearsal 2
costumier *m.*, **costumière** *f.* costumier 2
côté *m.* side 1
  à __ de by, near 1
côte *f.* shore, sea-coast 1A
côtelette *f.* cutlet, chop 3
cou *m.* neck 4
se **coucher** to go to bed 1*
couleur *f.* colour 4
coup *m.* hit, blow 1
  tout à __ suddenly 1*
  __ de fusil *m.* gunshot 1
  __ d'oeil glance 2
  tout d'un __ all at once, at once 4
coupable guilty 1*
couper to cut 2
cour *f.* yard, courtyard, schoolyard 1*
courageux, courageuse courageous 4*
coureur *m.*, **coureuse** *f.*, runner, racer 3
courir to run 1*
cours *m.* course (of study), class 1
  au __ des in the course of, during 4
course *f.* race 1*
court, -e short, brief 2A
cousin *m.*, **cousine** *f.* cousin 1
couteau *m.* knife 4

coûter to cost 2
couvert, -e (de) covered in, with 1*
crayon *m.* pencil 1
créer to create 3
crème *f.* cream 1
  __ glacée ice cream 3
crêpe *f.* thin pancake 3
crevette *f.* shrimp 3
crier to cry, to shout 2
crime *m.* crime 1
crise *f.* crisis 1
cristal *m.* crystal, fine glass 3
  boule de __ crystal ball 3
critique *f.* criticism, review, critique 2
croire to believe 1*
croix *f.* cross 1A
Croix-Rouge *f.* Red Cross 1
cruel, cruelle cruel, ferocious 4*
crustacé *m.* crustacean 3
cuiller *f.* spoon 2
cuire to cook 1
  bien cuit, -e well done (meat) 3
cuisine *f.* kitchen 1
cuisinière *f.* cooker, stove 4
cuisse *f.* thigh, leg 3*
cultiver to cultivate 1
culture *f.* culture 3
curiosité *f.* curiosity 3

d'abord first, at first, to begin with 1
dame *f.* lady (married) 3
dangereux, dangereuse dangerous 1
dans in 1
danse *f.* dance, dancing 1
danser to dance 4
danseur *m.*, **danseuse** *f.* dancer 1
date *f.* date 1
d'après according to 4
de from, of, out of 1
debout upright, standing up 4
début *m.* beginning, start 1
  au __ de at the beginning of 1
déchirer to tear 4A
décider to decide 1
décision *f.* decision 2
  prendre une __ to make a decision 2
décor *m.* scenery, stage effects (theatre), decoration 2
décorateur *m.* scene-painter, decorator 2
décoration *f.* decoration 2
décorer to decorate 4

découvrir to discover 1*
décrire to describe 1
déçu, -e disappointed 4*
défendre to forbid 4
se **défendre** to defend oneself, to resist 2
défilé *m.* parade, procession 1
défini, -e definite 2
  article __ definite article 2
définition *f.* definition 1
dégoûtant, -e disgusting, distasteful 1*
dehors outside 1
déjà already 2*
déjeuner *m.* lunch, breakfast (Fr. Can.) 1
délicieux, délicieuse delicious 1*
demain tomorrow 1*
  à __ see you tomorrow 2
demande *f.* request 1
demander to ask (for) 1*
  __ pardon to beg forgiveness, pardon 4
déménager to remove one's furniture, to move 1*
demi *m.*, **demie** *f.* half 3
  demi-heure *f.* half (of) an hour 2
dent *f.* tooth 4
  avoir mal aux __s to have a toothache 2
dentiste *m.* dentist 3
départ *m.* departure 4*
dépasser to pass, to go past, to exceed 4
se **dépêcher** to hurry, to make haste 1*
dépendre to depend 1A
dépenser to spend 2*
dépensé, -e spent 3
dépôt *m.* deposit 3
depuis for, since 2
déranger to disturb, to put out of place or order 4*
dernier, dernière last 2*
derrière behind 3
dès from . . . on, as of 4
  __ que when, as soon as, since 4A
désagréable disagreeable, unpleasant 4
désastre *m.* disaster 3
désavantage *m.* disadvantage 2
descendre to come down, to descend 1
description *f.* description 1
désert *m.* desert 1
se **déshabiller** to undress oneself 1
désigné, -e appointed, designated, named 1

193

désordre m. disorder, confusion 1
dessert m. dessert 3
dessin m. design, plan, drawing, sketch 3
dessiner to draw 3
dessous under, underneath, below 3
  ci-___ below, underneath 3
dessus on, upon, over, above 3
  ci-___ above 3
détail m. detail, small matter 3
détester to detest, to hate 1*
détresse f. distress, grief, trouble 3
détruire to destroy 3A
deuxième second 1
deuxièmement secondly 1
devant in front of 1
développement m. development, growth 1
devenir to become 1*
deviner to guess, to foretell, to predict 1
devoir to have to, must 1*
devoirs m.pl. homework 1*
  faire ses ___ to do one's homework 1*
diable m. devil 4
dialoguiste m.&f. screen writer, dialogue writer 2
diamant m. diamond 4
dictée f. dictation 4
dictionnaire m. dictionary 2
Dieu m. God 1
différent, -e different 1
difficulté f. difficulty 1
diligent, -e diligent, hard-working 3
dimanche m. Sunday 1
dîner m. dinner, noon meal (Fr. Can.) 1
diplomate m. diplomat 3
diplôme m. diploma 3
dire to say, to tell 1
  ___ des bêtises to talk nonsense 1
  ___ la vérité to tell the truth 4
  vouloir ___ to mean 1
direct, -e direct 1*
directement directly 4
directeur m., **directrice** f. director, manager 2*
direction f. direction 1*
diriger to direct, to control 2
discrimination f. discrimination 1
discussion f. discussion 4
discuter to discuss 1
disparaître to disappear 1*
194 **disponibilité** f. availability 1

disponible disposable, at one's disposal, available 1A
dispute f. fight, dispute 1
se **disputer** to dispute, to contend, to quarrel 1
disque m. record 1*
distance f. distance 3
distribution f. cast (theatre) 2
divan m. divan, couch 4
divers, diverse diverse, changing, varying 4
se **divertir** to amuse oneself, to be diverted or amused 3A
dixième tenth 3
docteur m. doctor 3
doigt m. finger 4A
dollar m. dollar 3
dominer to dominate 4
don m. gift, talent 1
donc then, therefore, accordingly 2
donné, -e given 1
donner to give 1
donneur m., **donneuse** f. giver, donor 1
dont whose, of which, of whom, from whom 4
  ce ___ that, of which 4
dormir to sleep 1*
dos m. back 3
  se faire mal au ___ to hurt one's back 3
doublure f. understudy 2
doucement gently, softly 4*
douche f. shower 1*
doucement gently, quietly, softly 1*
doué, -e gifted, talented 2A
doute m. doubt, uncertainty 2
  sans ___ no doubt, doubtless, unquestionably, to be sure 2A
Douvres Dover 3
  sole de ___ Dover sole 3
doux, douce soft 1*
drapeau m. flag 1
drogue f. drug 1
se **droguer** to take drugs 3
droit m. right 1
droite f. right, right-hand side 2
  à ___e on the right 2
droit, -e right (hand, side, etc.), straight, vertical 2
dur, -e hard 2A

eau f. water 1
échange m. exchange 2*
échanger to exchange 1
échapper to escape 3*
échelle f. ladder 1A
  sur une grande ___ on a large scale 1
échouer (à) to fail 3*
éclairage m. lighting 2
éclater to burst 2*
école f. school 1*
  ___ secondaire secondary school, high school 2
économie f. economy, economics 1
écossais, écossaise Scottish 1*
Ecosse f. Scotland 1
écouter to listen to 2*
écran m. screen 2A
écrire to write 1
écriture f. writing, hand-writing 2
écrivain m. writer 3A
édifice m. edifice, building 2
éducation f. education, training 2
  ___ physique physical education 2*
effet m. effect 2
  en ___ indeed, in reality, in fact 2
efficace effective 2
effort m. effort 2
effrayé, -e frightened, alarmed 1A
égal, -e equal, even, level, like, alike 2
égalité f. equality 4
église f. church 1*
égoïste egotistic 2
électricien m. **électricienne** f. electrician 3
électricité f. electricity 2
électro-ménager electrical household (referring to appliances) 4
électronique electronic 3
élégant, -e elegant 2
éléphant m. elephant 1
élève m.&f. student, pupil 2
élevé, -e raised 4
éliminer to eliminate, to expel, to dismiss 2
elle-même herself 1
embarras m. difficulty, fuss, distress 2
embrasser to embrace, to kiss 1*
émission f. program (TV, radio) 2*
émotif, émotive emotional 2
employé, -e used 4
employer to use 1
employeur m., **employeuse** f. employer 3

empreinte f.   impression, imprint, stamp   3*
emprisonner   to imprison, to put in prison   1
emprunter   to borrow   4
en   in, at, of (about, by, from) him, her, it, them, etc.   1
___ **bas**   below, downstairs   4A
___ **haut**   above, upstairs   4A
enchanté, -e   delighted   2
encore   still, yet   1
pas ___   not yet   4
encourager   to encourage   2
s'endormir   to fall asleep   3*
énergie f.   energy, strength, vigour   1
___ **nucléaire**   nuclear energy   3
énerver   to get on someone's nerves   3*
enfant m.&f.   child   1*
enfin   finally, at last   2*
enlever   to take off, remove   2
ennemi m., **ennemie** f.   enemy   2
ennuyer   to bore, to bother
s'ennuyer   to be bored   1A
ennuyeux, ennuyeuse   boring, tiresome   2
énorme   enormous, huge   1*
énormément   enormously   1
enraciné, -e   implanted, entrenched, rooted   2
enrager   to enrage, to be furious, to be in a rage   1
enrichissement m.   enrichment   1
enseigner   to teach   4
ensemble m.   whole, mass uniformity, harmony; together   1*
ensuite   next, then   1*
entendre   to hear   1*
___ **parler**   to hear people say, speak; to hear about   3
entêté, -e   stubborn, obstinate   2
s'entêter   to be stubborn, to be obstinate   2
enthousiasme m.   enthusiasm   2
enthousiaste   enthusiastic   2
entouré, -e   surrounded, encompassed   3
entraîné, -e   trained   2
entraîneur m.   trainer   2*
entre   between   1
entrer   to enter   1
___ **en collision**   to collide   1
entrecôte m.   steak (cut from between ribs)   3
entrée f.   entrance   1*; first course,

side-dish   3
envers   to, towards   1
envie f.   envy, wish, desire, longing   2
avoir ___ **(de)**   to want (to)   2*
environ   about, nearly   2
envoyer   to send   1
épais, épaisse   thick, heavy   2
épice   spice   1
épinard m.   spinach   3
épouse f.   wife, spouse   4
épouser   to marry   1*
épuisé, -e   exhausted   2A
équipe f.   team   1*
en ___   in teams, in groups   1
___ **technique**   technical crew   2
érable m.   maple, maple tree   3
ère f.   era   1
escalier m.   staircase, stairs   2, 4A
escalope f.   cutlet (meat)   3
___ **de veau**   veal cutlet   3
escargot m.   snail   3
espace m.   space   3A
Espagne f.   Spain   2
espagnol m.   Spanish language   2
espérer   to hope   1
esprit m.   spirit, mind, character, intellect   1A
essayer   to try   3
est   east   1
Est m.   the East   1A
et   and   1*
étable f.   stable   4
établir   to establish   3
étage m.   floor, storey   4
état m.   state, condition   1
Etats-Unis m.pl.   United States   1
été m.   summer   1*
en ___   in summer   4*
___ **passé**   last summer   1
éteindre   to extinguish, to turn off   2A
étoile f.   star   1
étonné -e   surprised   3
étrange   strange, foreign   2, 4A
étroit, -e   narrow, tight, limited, confined   3A
être m.   being   3
être   to be   1
___ **à**   to belong to   1
___ **d'accord**   to agree   4*
___ **de bonne humeur**   to be in a good mood   2
___ **de mauvaise humeur**   to be in a bad mood   2A

___ **en forme**   to be in shape   3*
___ **satisfait de**   to be satisfied with   1
étude f.   study   2
étudiant m., **étudiante** f.   student   2*
étudier   to study   1*
Europe f.   Europe   4
en ___   in, at, to Europe   4
eux   them   4
s'évanouir   to faint   4
événement m.   event   1
évoquer   to recall, to evoke   1
exact, -e   exact, accurate, correct   4
examen m.   exam   1*
examiner   to examine   1
excellence f.   excellence   3
par ___   above all   3
excellent, -e   excellent   2
exception f.   exception   4
exceptionnel, exceptionnelle   exceptional   2
excursion f.   excursion   4*
excuser   to excuse, to pardon   4
excès m.   excess   1
exercer   to exercise   1
exercice m.   exercise   1
exigeant, -e   unreasonable, exacting, hard to please, demanding   2A
existence f.   existence, being, life   1
exotique   exotic   1
expérience f.   experience   1; experiment   4
explication f.   explanation   4
expliquer   to explain   1
explorateur m.   explorer   1
exploration f.   exploration   3
explorer   to explore   1
exposition f.   exposition, display, exhibition   1*
expression f.   expression   4
exprimer   to express   4
expulser   to expel, to deport   1
extérieur m.   exterior   4
extraordinaire   extraordinary   4
extra-terrestre m.   inhabitant of another planet, outerspace creature   3A
extrêmement   extremely   3

fabriquer   to make, to manufacture   2
face f.   face, front, façade
___ **à**   facing, with regard to   1
facile   easy   1
facilement   easily   1

fâché, -e angry 1
fâcher to anger, to offend 3
se **fâcher** to become angry 4*
façon *f.* way, manner 1
facturer to invoice 3
faiblesse *f.* weakness 3
faim *f.* hunger, appetite 1
  avoir ___ to be hungry 1*
faire to do, to make 1*
  ___ **attention** to pay attention 3*
  ___ **beau** to be nice (weather) 1*
  ___ **bouillir** to bring to a boil 1
  ___ **du camping** to go camping 1
  ___ **la chasse** to hunt 1
  ___ **chaud** to be hot (weather) 1*
  ___ **la connaissance de quelqu'un** to meet someone, to make someone's acquaintance 2*
  ___ **ses devoirs** to do homework 1*
  ___ **l'imbécile** to act up, to act silly 2
  se ___ **mal au dos** to hurt one's back 3
  ___ **de son mieux** to do one's best 4
  ___ **obstacle** to hinder a plan, put obstacles in the way 1
  ___ **partie de** to be or form a part of, to belong to 1
  ___ **parvenir** to send 4
  ___ **une promenade** to go for a walk 3*
  ___ **les réparations** to repair 2*
  ___ **du ski** to ski 1
  ___ **du soleil** to be sunny (weather) 2*
  ___ **du sport** to be active in sports 2
  ___ **la tire** to pull taffy 4
  ___ **tomber** to throw, to push, to knock down 4
  ___ **la vaisselle** to do the dishes 1*
falloir to be necessary, must, have to 1
  il faut it is necessary 1*
se **familiariser** to familiarize oneself 1
famille *f.* family 1
fantaisie *f.* fantasy 3
fantastique fantastic 1
fantôme *m.* phantom, ghost 1
fasciner to fascinate 2
fatiguant, -e tiring 2
fatigué, -e tired 1*
faute *f.* mistake, error 2*
faux, fausse false 4
favorable favorable 2
favori, favorite favourite 2
féminin, -e feminine 1
femme *f.* woman, wife 1

fenêtre *f.* window 1
fer *m.* iron 1
  chemin de ___ railway 1A
  cheval de ___ iron horse 1
ferme *f.* farm 1
fermé, -e closed 4
fermer to close 1
  ___ **la porte à clé** to lock the door 1
féroce ferocious, fierce 1
festival *m.* festival 1
fête *f.* holiday, festival, birthday 2
fêter to celebrate 4
feu *m.* fire, light 1
  ___ **d'artifice** firework display, fireworks 1
fève *f.* bean 3
fiancé, -e engaged
fiancé *m.*, **fiancée** *f.* fiancé 2*
fidèle loyal, faithful, true 1*
fidélité *f.* fidelity, faithfulness, loyalty 2
filet *m.* fillet, tenderloin 3
fille *f.* girl, daughter 1
film *m.* film 2
  tourner un ___ to shoot a film 2A
filmer to film 2
fils *m.* son 1*
fin *f.* end 1*
  mettre ___ **à** to put an end to 2
finalement finally 3
finir to finish 1*
fleur *f.* flower 1
fois *f.* time 1*
  une ___ once 3
  neuf ___ **sur dix** nine times out of ten 2
fonctionnement *m.* operation, working 3
fonctionner to work, to operate 2, 3A
fondé, -e based 4
fonder to found, to establish, to create 1
force *f.* strength, force 1
forêt *f.* forest 3*
forme *f.* form, shape, figure 1*
  en ___ in shape 3
  être en ___ to be in shape, to be fit 1*
former to form 1
se **former** to form, to be formed 2
fort *m.* fort 4
fort, -e strong 1*
fort *adv.* hard, forcibly, exceedingly 4*
fouinard *m.* Nosy Parker 1
fou, folle crazy 4

foule *f.* crowd 1
four *m.* oven 3
fourchette *f.* fork 4
fourrure *f.* fur 1
frais *m.pl.* expense, expenses, charge, charges 3
  à ___ **virés** collect (telephone) 3
frais, fraîche fresh 1*
franc, franche frank 3
français, -e French 1
Français *m.*, **Française** *f.* a Frenchman/Frenchwoman 1
français *m.* French language 1
France *f.* France 1
franchement frankly 1
francophone *m.&f.* Francophone, French-speaking person 1*
frapper to knock 1, 4A
  ___ **du pied** to stamp one's foot 3
fraternité *f.* brotherhood, fraternity 2
fréquemment frequently 1
frère *m.* brother 2
frit, -e fried 3
froid, -e cold 2*
froid *m.* cold, coldness 3
  avoir ___ to be cold (people) 2*
fromage *m.* cheese 3
fruit *m.* fruit 1
  ___ **de mer** seafood 3A
frustré, -e frustrated 3
fumé, -e smoked 3
fumée *f.* smoke 2
fumer to smoke 2*
furieux, furieuse furious 3*
fusée *f.* rocket, spaceship 3A
fusil *m.* gun, rifle 1A
futur, -e future 2
futur *m.* future (tense) 3

gage *m.* pledge, guarantee, proof, evidence 2
gagner to earn, to win 1*
  ___ **sa vie** to earn one's living 2
garage *m.* garage 3
garantir to guarantee 1
garçon *m.* boy 1; waiter 3
garde *f.* watch, care, custody, guard 1
  en ___! On guard! (fencing term) 2
  Prenez ___! Watch out! 1
garder to keep, to guard, to protect 1
  ___ **le silence** to keep quiet 4
gardien *m.*, **gardienne** *f.* guardian, keeper, protector 3

gare *f.* railway station 1*
gaspillage *m.* waste 1
gâteau *m.* (*pl.* **gâteaux**) cake 1
gauche *f.* left, left-hand side 1
  à __ on the left, to the left 1
gauche left 4
  à la main __ in the left hand 4
gênant, -e irritating, embarrassing 1
général, -e general 2
  en __ in general, generally 2
généreux, généreuse generous 2
genre *m.* style, kind, type 1
gentil, gentille nice, kind 2
gens *m.&f.pl.* people 1A
géographie *f.* geography 1*
geste *m.* gesture, action, movement 3
gigantesque gigantic 1
glace *f.* ice 1
glissade *f.* slide 1
glisser to slip, to slide, to glide 3
gorille *m.* gorilla 1
goûter to taste, to try 3
gouvernement *m.* government 1
grammaire *f.* grammar 4
grammatical, -e grammatical 1
grand, -e big, tall 1
  un __ **nombre de** a lot of, many 3
grand-mère *f.* grandmother 1
grand-père *m.* grandfather 1
grands-parents *m.pl.* grandparents 2
graphologue *m.* graphologist 2
gratiné, -e with cheese 3
grave serious, grave 1*
gravement gravely, seriously 1
grenouille *f.* frog 3
gril *m.* gridiron (griddle) 3
grillé, -e broiled, toasted 3
gros, grosse big, large 4
grossir to gain weight, to get fat 1
groupe *m.* group 1
guerre *f.* war 3
guitare *f.* guitar 1*
gymnastique *f.* gymnastics 2

s'habiller to dress oneself, to get dressed 1*
habitant *m.* **habitante** *f.* inhabitant 4
habitat *m.* habitat 1
habiter to live 1
habitude *f.* habit 1
  d' __ usually 1
habituel, habituelle habitual, usual 1

s'habituer (à) to get used to, to accustom oneself to 4*
Hallowe'en *m.* Hallowe'en 3
*****haricot** *m.* bean 3
harmonie *f.* harmony 2
*****haut** loudly 4A
*****haut, -e** high, tall, lofty 1, 4A
  à __**e voix** in a loud voice 1
*****haut** *m.* height, top, summit 4A
  de __ **en bas** from top to bottom 4A
  en __ above, upstairs 4A
heure *f.* hour 1; time, moment 4
  à l' __ on time 1
  de bonne __ early 2
heureux, heureuse happy 2*
hier yesterday 1*
histoire *f.* story, history 1
historique historical 1
hiver *m.* winter 1*
*****hockey** *m.* hockey 2*
  __ **peewee** peewee hockey 2
*****hollandais, -e** Dutch 3
*****homard** *m.* lobster 3
homme *m.* man 1*
honnête honest 2
honneur *m.* honour 4
  en __ **de** in honour of 4
hôpital *m.* hospital 1
horizontal, -e horizontal 1
horizon *m.* horizon 2
horloge *f.* clock 4A
horreur *f.* horror, dread 2
horrible horrible 2
horrifiant, -e horrifying 2
*****hors-d'oeuvre** *m.* (inv.) dish served at the beginning of the meal 3
hôtel *m.* hotel, inn 1
  chambre d' __ hotel room 3
huître *f.* oyster 3
humain, -e human 3
humeur *f.* humour, temperament, disposition 2A
  d' __ **égale** even-tempered, good-natured 2
  être de bonne __ to be in a good mood 2
  être de mauvaise __ to be in a bad mood 2A
*****hurler** to howl, to yell 3

ici here 1
  par __ this way 1
idéal, -e ideal 1

idée *f.* idea 1*
identique identical 2
idole *f.* idol 2
il y a there is, there are 1
illuminé, -e lit up, illuminated 4
illustre illustrious, famous 2
illustré, -e illustrated 4
imaginaire imaginary 3
imaginatif, imaginative imaginative 4
imagination *f.* imagination 1
imbécile *m.&f.* imbecile, idiot, fool 2
  faire l' __ to act up, to act silly 2
imiter to imitate 1
immédiat, -e immediate 1
immédiatement immediately 1
immense immense 1
immigrant *m.*, **immigrante** *f.* immigrant 1
immigré, -e immigrated 3
immobile motionless, still, immobile 4
imparfait *m.* imperfect tense 1
impatiemment impatiently 3
impatience *f.* impatience 1
s'impatienter to grow impatient, to lose patience 1
impératif *m.* imperative mood 3
impitoyable pitiless, unmerciful, ruthless 3
impoli, -e impolite 2
impoliment impolitely 3
importance *f.* importance 4
important, -e important 1
importer to import, to matter 2
  n'importe no matter 2
impossible impossible 1
impression *f.* impression 3
impressionnable impressionable, sensitive 2
impulsif, impulsive impulsive 2
inattendu, -e unexpected 1*
incapable incapable 2
incendie *m.* fire 1
incident *m.* incident 1
inconnu *m.*, **inconnue** *f.* unknown person, the unfamiliar 1
incroyable unbelievable, incredible 3
indépendant, -e independent 2
indicatif, indicative indicative 2
indicatif *m.*, **indicatrice** *f.* indicator, guide 3
  __ **régional** area code 3
indien, indienne Indian 1
Indien *m.*, **Indienne** *f.* an Indian 1

indiquer to indicate, to show, to point out 1
indirect, -e indirect 1
industrie f. industry, business, trade 4
inférieur, -e inferior, lower 4
infériorité f. inferiority 4
infinitif m. infinitive mood 3
infirmière f. nurse 3
inflation f. inflation 1
influence f. influence 1
ingrédient m. ingredient 4
innocent, -e innocent 3
inspiré, -e inspired 3
s'installer to install oneself 1
instant m. instant 2
instrument m. instrument 1
insulter to insult 1
insupportable intolerable, unbearable 1, 4A
intelligence f. intelligence 1
intelligent, -e intelligent 2
intention f. intention 1
  avoir l'___ de to intend to 1
intéressant, -e interesting 1
s'intéresser à to take an interest in 1A
intérêt m. interest 3*
intérieur m. interior, inside 3
intermédiaire m. intermediate, middleman 1
interminable interminable, endless 2
interprétation f. interpretation 3
interpréter to interpret, to explain 3
interurbain, -e interurban, long distance (phone call) 3
interview f. interview 3
inutile useless, needless 3
inventer to invent 3
inventeur m., **inventrice** f. inventor 3
invention f. invention 3
invisible invisible 3
invitation f. invitation 3
invité m., **invitée** f. guest 4
inviter to invite 1
irrégulier, irrégulière irregular 2
irrésistible irresistible 3
italien m. Italian language 2

jaloux, jalouse jealous, envious 2
jamais ever, never 1
  ne . . . ___ never 1
jambe f. leg 1
jambon m. ham 2
  sandwich au ___ ham sandwich 2

japonais, -e Japanese 1
jardin m. garden 3
jazz m. jazz 1
jeter to throw 1*
jeune young 1
jeunes m.pl. young people 1
jeunesse f. youth 3
jogging m. jogging 1
joie f. joy 2
jouer to play 1*
  ___ au base-ball to play baseball 4
  ___ au tennis to play tennis 1
  ___ aux cartes to play cards 1
  ___ au hockey to play hockey 2
  ___ de la guitare to play the guitar 1
  ___ du piano to play the piano 3
  ___ du violon to play the violin 2
  ___ un tour à quelqu'un to play a trick on someone 4A
  ___ un mauvais tour à quelqu'un to play a nasty trick on someone 4
jouet m. toy 2
joueur m., **joueuse** f. player, performer 1
jour m. day 1*
  par ___ a day, per day 3*
journal m. (pl. **journaux**) newspaper, diary 1
journée f. day 2*
joyeux, joyeuse joyful, merry, cheerful, glad 4
jus m. juice 1
  ___ d'orange orange juice 1
  ___ de pomme apple juice 1
jusqu'à until, up to 1A
juste just, proper 1
justement precisely, exactly 4

ketchup m. ketchup 4
kilogramme (kilo, kg) m. kilogram 2
kilomètre (km) m. kilometre (km) 1

la the, it (fem.), her 1
labo m. lab 3
lac m. lake 1*
laisser to let, to allow 1*
  ___ tomber to let fall, to throw down 3
lait m. milk 1
lampe f. lamp 4
lancer to fling, to hurl, to throw 3*
langoustine f. Norway lobster, prawn 3
langue f. language 1*; tongue 2*

lapin m. rabbit 3
lard m. fat (of pigs), bacon 3
large broad, wide, large 3A
laver to wash 4
  machine à ___ washing machine 1*
se **laver** to wash oneself 1*
lave-vaisselle m. dishwasher 4
lecture f. reading 1
légende f. legend 4
léger, légère light 1
légume m. vegetable 1
lendemain m. the following day 2A
lent, -e slow 3
lentement slowly 1
lequel, laquelle, lesquels, lesquelles which, which one 1
lettre f. letter 1
lever to raise, to lift 1
se **lever** to get up, to rise 1*
lier to link, to connect, to fasten, to tie 1
lieu m. place, spot 3
  au ___ de instead of 3
  avoir ___ to take place 4
lieutenant-gouverneur m. lieutenant governor 1
linguistique linguistic 1
lion m. lion 2
liquide m. liquid, fluid 4
lire to read 1
liste f. list 2
lit m. bed 1*
livre m. book 1
logement m. lodgings, dwelling, accommodation 4
loin (de) far (from) 1
long, longue long 1, 2A
longuement long, for a long time 4
longtemps long, (for) a long time 1
lorsque when 4A
loterie f. lottery 4
lumière f. light 2A
lune f. moon 3
lunettes f.pl. glasses 2
  ___ solaires sunglasses 3

machine f. machine 1
  ___ à laver washing machine 1*
magasin m. store 1
magnifique magnificent 1
maigrir to grow thin 1*
main f. hand 2
  à la ___ in his/her hand 3
  à la ___ droite in the right hand 4

à la ___ gauche in the left hand 4
maintenant now 1
mais but 1
maison *f.* house 1
maître *m.* master, boss 2
mal *m. (pl.* **maux***)* malady, disease, ailment, ache, pain; hurt, harm, evil 1A
  ___ à l'aise uncomfortable 1A
  avoir ___ au dos to have a backache 4
  avoir ___ aux dents to have a toothache 2
  se faire ___ au dos to hurt one's back 3
malade *m.&f.* sick person 3
maladie *f.* illness, sickness 1
malheur *m.* unhappiness, misfortune, ill luck, mischance 3
malheureux *m.,* **malheureuse** *f.* unhappy person 1*
malheureux, malheureuse unfortunate 3
malheureusement unfortunately 1
manger to eat 2
manière *f.* manner, way 3*
Manitoba *f.* province of Manitoba 1
manitobain, -e Manitoban 1
manquer to miss 2
manteau *m. (pl.* **manteaux***)* coat 1
maquillage *m.* make-up 2
maquiller to make up 2
se **maquiller** to make up, to put on one's make-up 2*
maquilleur *m.,* **maquilleuse** *f.* make-up man/woman 2
marathon *m.* marathon 3
marchandise *f.* merchandise 1
marché *m.* market 1*
marcher to walk 1; to function 2
mari *m.* husband 1*
mariage *m.* marriage, wedding 4
marié, -e married 4
se **marier** to marry, to get married 2*
marijuana *f.* marijuana 1
marquer to mark, to score 3*
Martien *m.,* **Martienne** *f.* Martian 1
masculin, -e masculine 1
masqué, -e masked 1
massacre *m.* massacre, butchery 1
massacrer to massacre 1
masse *f.* mass, heap, lump 1
  en ___ in mass, by the bulk 1
match *m.* game, match 1*
matériel *m. (pl.* **matériaux***)* material 3

mathématiques *f.pl.* mathematics 2
maths *f.pl.* math 2
matière *f.* school subject, course 2*
matin *m.* morning 1*
  du ___ in the morning 2
  le ___ every morning 2
mauvais, -e bad 1*
être de ___e humeur to be in a bad mood 2A
mécanicien *m.* mechanic 2
mécanique *f.* mechanics, machinery 2
méchant, -e wicked, naughty, evil, bad 2
médaille *f.* medal 4*
médecin *m.* doctor 2*
médecine *f.* medicine 2
médicament *m.* medicine 1
Méditerranée *f.* the Mediterranean (Sea) 1
médium *m.* medium 1
meilleur, -e better, best 1*
mélange *m.* mixture 1A
mélasse *f.* molasses 4
membrane *f.* membrane 1
membre *m.* limb 3; member 4
même same, very same; even, also 1
  elle-___ herself 1
  ___ si even if 2
mémoire *f.* memoire, memory, recollection, remembrance 1
menacer to threaten 1A
ménage *m.* housework 1*
mené, -e led, taken 4
mener to lead, to guide 1A
mental, -e mental 1
menu *m.* menu 3
mentionné, -e mentioned 1
mépriser to despise, to look down on 1
mer *f.* sea, ocean 1, 3A
  fruits de ___ seafood 3A
merci thank you 1
mère *f.* mother 1
mériter to deserve, to merit 2A
message *m.* message 4
méthode *f.* method 4
méticuleux, méticuleuse meticulous 2
métier *m.* trade, business, craft, profession 1, 2A
Métis *m.* **Métisse** *f.* Métis (mixture of white and Indian races) 1
mètre *m.* metre 4
mettre to put on, to wear; to put, to place 1*

se **mettre** to put or place oneself 3
  se ___ debout to stand up 4
  se ___ en forme to get into shape 4
  ___ en morceaux to tear to pieces 4
  ___ fin à to put an end to 2
meuble *m.* piece of furniture 4A
micro *m.* mike (abbr. form of microphone) 2
midi *m.* noon 1
miel *m.* ___ honey 1
mieux better, best 1*
mignon, mignonne delicate, pretty, dainty 3
mijoter to simmer 1
milieu *m.* middle 1; environment 2A*
  au ___ de in the middle of 1*
millier *m.* around 1000 3A
ministre *m.* minister
  Premier ___ Prime Minister 1
minuit *m.* midnight 3
minute *f.* minute 1
miraculeux, miraculeuse miraculous, wonderful 3
miroir *f.* mirror 2
mise en scène *f.* staging or production (of a play) 2
missionnaire *m.&f.* missionary 1
modèle *m.* model 1
modifier to modify 3
moi I, me 1
moins less 1*
  ___ de fewer 4
  ___ . . . que less . . . than 4*
  au ___ at least 1
mois *m.* month 2
  par ___ a month, per month 4
moment *m.* moment 2
  à ce ___ at that (this) time 1
  au ___ où at the time when 4
monde *m.* world 1*
  tout le ___ everyone 1
mondial, -e *(pl.* **mondiaux***)* world-wide 3
monotone monotonous 1
monsieur sir, Mr. 1
montagne *f.* mountain 2*
monter to go up 1; to get on 4
montrer to show 1
se **montrer** to show oneself, to prove, to prove oneself to be 3
se **moquer (de)** to make fun (of) 2*
morceau *m. (pl.* **morceaux***)* piece 1
  mettre en ___x to tear to pieces 4

199

mort, -e dead 1*
mort f. death 1
mot m. word 1
moteur m. motor, camera (theatrical) 2
motocyclette f. motorcycle 2
mou, mol, molle soft, mellow, weak 2
mouillé, -e wet, soaked 1A
moule f. mussel 3
mourir to die 3
mousse f. froth, foam, lather 3
moyen, -ne average 1
moyen m. means, way 1
mur m. wall 4A
musée m. museum 4*
musicien m., **musicienne** f. musician 2*
musique f. music 1*
mystérieux, mystérieuse mysterious 1
mystère m. mystery 3
mystifier to mystify, to hoax 2
mystique m.&f. mystic 2

nager to swim 2
naïf, naïve naïve 2
naissance f. birth 1A
national, -e national 3
nationalité f. nationality 3
nature f. nature 3
naturel, naturelle natural 1
naturellement naturally 3
ne no, not 1*
   —— ... **aucun, -e** none, no one, not any 4
   —— ... **jamais** never 1*
   —— ... **pas** not 1*
   —— ... **personne** no one, nobody 1*
   —— ... **à personne** to no one 4
   —— ... **plus** no longer, not any more 1*
   —— ... **plus jamais** never again 3*
   —— ... **que** only 2*
   —— ... **rien** nothing 1*
nécessaire necessary 1
négatif, négative negative 1
négocier to negotiate 1
neige f. snow 1
neiger to snow 1*
nettoyer to clean 3
Noël m. Christmas 2
noir m. blackness 4
noir, -e black 3
nom m. noun, name 1*
nomade nomad, nomadic 1

nombre m. number 2
   un grand —— de a lot of, many 3
nombreux, nombreuse numerous, various 2
non no, not 1
   —— **plus** neither 2
nord north 1
nord m. North 1A
nord-ouest m. Northwest 1
note f. mark 1*; note, written observation or remark 4
noter to note, to mark, to observe, to notice 4
nourrissant, -e nourishing 1
nourriture f. food 1*
nouveau, nouvel, nouvelle, nouveaux, nouvelles new 1
   de —— again 4*
Nouveau-Brunswick m. New Brunswick 1
nouvelle f. piece of news 4
nouvelles f.pl news 2*
nuage m. cloud 3
nuit f. night 1
   la —— at night 1
numéro m. number 1

obéir to obey 1*
obligatoire obligatory 2
objet m. object 1
   pronom complément d'——
   direct direct object pronoun 1
   pronom complément d'——
   indirect indirect object pronoun 1
observation f. observation 1
observer to observe 2
obstacle m. obstacle 1
   faire —— to hinder a plan, put obstacles in the way 1
obtenir to get, to obtain 3
occasion f. occasion, chance
   avoir l'—— de to have the opportunity to, to have the chance to 2
occupé, -e busy 4*
s'occuper de to tend to, to occupy oneself 3
océan m. ocean 2
oeillet m. carnation 2
oeuf m. egg 2
   sandwich aux ——s egg sandwich 2
offrir to offer 1*
oignon m. onion 3

oiseau m. (pl. **oiseaux**) bird 1*
omelette f. omelette 3
oncle m. uncle 1
Ontarien, -ne Ontarian 1*
or m. gold 1*
oral, -e oral 1
orange orange 4
orange f. orange 1
   à l'—— with orange (sauce) 3
   jus d'—— orange juice 1
ordinateur m. computer 3A
ordre m. order 1
oreille f. ear 2
organe m. organ 3
organisation f. organization 1
organiser to organize 2
oriental, -e Oriental 1
ornement m. ornament 1
os m. bone 2*
oser to dare 4
où where 1
ou or 1
oublier to forget 1*
ouest west 1
Ouest m. West 1A
outil m. tool, implement 1A
ouverture f. opening 4
ouvrir to open 2*

page f. page (of a book) 4
pain m. bread 1*
paix f. peace 2*
palais m. palace 4
panier m. basket 3*
pantalon m. (pair of) trousers, pants 2
papier m. paper 3
paquet m. package 2
par by 1
   —— **conséquent** consequently 4
   —— **contre** on the other hand 2
   —— **ici** this way 1
paraître to appear, to seem 2
parapluie m. umbrella 1
parc m. park 4
parce que because 1
pardon m. pardon, forgiveness 4
   demander —— to beg forgiveness, pardon 4
pardonner to pardon, to forgive 2
parenthèse f. parenthesis 1
parents m.pl. parents 1
paresseux, paresseuse lazy 1*
parfait, -e perfect 2

parler to speak 1
  entendre ___ to hear people say, speak, to hear about 3
  ___ **bas** to speak in a low voice 4
parmi among 2
partager to share 4*
partenaire m. partner 3
participe m. participle 3
  ___ **présent** present participle 3
participer to participate 1
particulier, particulière particular 2
partie f. part; party 1
  faire ___ **de** to be or form a part of, to belong to 1*
partout everywhere 2*
pas m. step 2
pas not 1*
  ___ **du tout** not at all 1*
  ___ **encore** not yet 2
passage m. passage 1
passager m., **passagère** f. passenger 1
passer to pass, to spend (time) 1
se passer to happen, to take place 3
  ___ **de** to do without 3*
passé m. past 1
  ___ **composé** past indefinite, conversational past 1
  la semaine ___ **e** f. last week 1
pâté m. pâté 3
patience f. patience 3
patient, -e patient, enduring 2
patinage m. skating 1*
  faire du ___ **artistique** to go figure skating 1
patte f. paw, foot (of animal) 2*
pause f. break 2A
pauvre poor 1
pauvres m.pl. the poor 3
pays m. country 1*
peau f. (pl. **peaux**) skin 1A
pêche f. fishing 1
  aller à la ___ to go fishing 1
peindre to paint 2
peine f. trouble 1
pemmican m. pemmican (mixture of dried meat, used by North American Indian) 1
penché, -e tilted, leaned 2
pencher to lean, to tilt 2
pendant during, for 1
  ___ **que** while 3
pensée f. thought 1*
penser to think 1*

perdre to lose 1*
  ___ **connaissance** to faint 4
père m. father 1
perle f. pearl 4
permettre to allow, to permit 1*
permission f. permission 3
personnage m. person, character (play) 1
personnel, -le personal 1
personnalité f. personality, personal, character 2
personne f. person 1
  ne . . . ___ no one 1*
peser to weigh 2*
pesticide f. pesticide 3
petit, -e small, little 1
petit m., **petite** f. little one 3
  ___ **(e) ami(e)** boy(girl)friend 2
pétoncle m. scallop 3
peu adv. little, not much, not many 1
peu m. (a) little, (a) few 1
peur f. fear 1
  avoir ___ **de** to be afraid of 1*
peut-être perhaps 3*
photo f. photograph 1
photographie f. photography 2
photographier to photograph 4
phrase f. sentence 1
physique physical 2
  éducation ___ physical education 2*
physiquement physically 1
piano m. piano 1*
  jouer du ___ to play the piano 1
pièce f. play 3
pied m. foot 1
  à ___ on foot 1*
  frapper du ___ to stamp one's foot 3
piège m. trap; snare 4A
  ___ **à souris** mousetrap 4
ping-pong m. table-tennis 4
pipe f. pipe 2
pique-nique m. picnic 1*
pire worse, the worst 2
place f. place, spot, position, seat 1
plafond m. ceiling 4A
plage f. beach 1
plaine f. plain, flat country 1
plaire to please 1
  s'il te plaît please 1
  s'il vous plaît please 1
plan m. plan, groundwork, scheme, project 3
planche f. board, plank, shelf 1

plancher m. floor 1
planète f. planet 2, 3A
plante f. plant 4
plat m. dish, tray 3
plat, -e flat 1*
plateau m. floor (of a stage) 2A
plate-forme f. platform 2
plein, -e full 1*
  en ___ **air** in the open air 1*
pleurer to cry 1
pleuvoir to rain 2*
plombier m., **plombière** f. plumber 2A
plupart f. most of, the greater part or number 1*
plus more, most 2
  ___ **de** more than 4
  de ___ **en** ___ more and more 4
  ne . . . ___ no longer, not any more 1*
  non ___ neither 2
  ___ **. . . que** more . . . than 4*
  ___ **tard** later 3
plusieurs several 1*
plutôt rather, instead 4
poche f. pocket 1*
  argent de ___ pocket-money 1
poids m. weight 2*
  perdre du ___ to lose weight 2*
poil m. hair, fur (of animal) 2*
point m. point 1*
  à ___ medium (meat) 3
  ___ **s cardinaux** directions (on a compass) 1
  ___ **de départ** m. starting point 1
pois m. pea 3
  petit ___ green pea 4
poisson m. fish 1
police f. police 1
politicien m., **politicienne** f. politician 3
politique f. politics 1
pollution f. pollution 1
pomme f. apple 1
pomme de terre f. potato 3
pompier m., **pompière** f. fireman 1
pont m. bridge, deck 3
pop pop, trendy 2
populaire popular, common 1
porte f. door 1
  fermer la ___ **à clé** to lock the door 1
porter to carry, to wear 1
poser to ask (a question) 1
se poser to fix, to rest, to settle (on) 1
position f. position 1

201

posséder to possess, to own, to hold, to have 2

possibilité *f.* possibility 2

possible possible 2

postal, -e postal 1

   carte __e postcard 1

poste *m.* post, employment 3*

pot *m.* pot, jug 2

potage *m.* soup 3

   __ maison soup of the house 3

pot-pourri *m.* a mixture of everything 1

pouce *m.* inch 4

poudrier *m.* compact 2

poulet *m.* chicken 3

pour for, in order to 1

pourboire *m.* tip 3

pourquoi why 1

poussière *f.* dust 4A

pouvoir to be able 1*

pouvoir *m.* power, force, influence 3A

Prairies *f.pl.* the Prairie Provinces 1

pratiquer to practise 1

précéder to precede 3

précédent, -e preceding 2

précisément precisely 3

prédiction *f.* prediction, forecast 3

prédire to predict 3A

préféré, -e favourite, preferred 2

préférer to prefer 1

premier, première first 1*

premièrement firstly 1

prendre to take 1*

   prenez garde! Watch out! 1

   __ sa retraite to retire on a pension 2

   __ une décision to make a decision 2

preneur *m.*, **preneuse** *f.* taker, lessee, purchaser 2

   __ du son sound man 2

préparation *f.* preparation 3

préparer to prepare 1*

se **préparer** to prepare oneself 3

préposition *f.* preposition 2

près (de) near 1

presque almost 2*

présence *f.* presence, attendance 1

présent *m.* present tense, present 1

présentation *f.* presentation 3

présentement presently 3

présenter to present, to introduce (someone to somebody) 1*

se **présenter** to introduce oneself, to present oneself 3

202   **préservation** *f.* preservation 1

président *m.*, **présidente** *f.* president 3

prêt, -e ready 4

prévoir to foresee, to look forward to 3

prier to pray, to entreat, to beseech 4

   je vous en prie I beg of you 4

principalement principally, chiefly 3

printemps *m.* spring 1

   au __ in the spring 1

prise *f.* take (filming) 2

prix *m.* prize 1

   à tout __ at all costs, at any price 1

problement probably 2*

problème *m.* problem 1

prochain, -e next 1*

   la semaine __ e next week 1

producteur *m.* producer 2

produit *m.* product 3

professeur *m.* teacher 1

profession *f.* profession 2

professionnel, professionnelle professional 3

profit *m.* profit, gain 1

profitable profitable, advantageous 1

profiter to profit, to gain, to benefit 1

projet *m.* project 2

prolonger to prolong, to lengthen 3

promenade *f.* walk, stroll 3*

   faire une __ to go for a walk 3*

se **promener** to go for a walk 1

promesse *f.* promise 3*

promettre to promise 1*

pronom *m.* pronoun 1

   __ complément d'objet direct direct object pronoun 1

   __ complément d'objet indirect indirect object pronoun 1

   __ interrogatif interrogative pronoun 2

   __ relatif relative pronoun 4

prononcer to pronounce 1

propos *m.* discourse, talk

   à __ by the way, pertinently 1

proposition *f.* clause 1

propre proper 1; clean, own 4

propriétaire *m.&f.* owner, landlord 1

protecteur, protectrice protective 3

   Société protectrice des animaux Humane Society 3

protéger to protect 1

se **protéger** to protect oneself, to defend oneself 1

proverbe *m.* proverb 1

province *f.* province 1*

provisoire provisional, temporary 1

prudent, -e prudent, sensible 2

public, publique public 3

publier to publish 3

puis then 1*

puissant, -e powerful 3A

purée *f.* thick soup 3

qualité *f.* quality 2

quand when 1

   __ même even though, all the same, nevertheless, anyway 2

quantité *f.* quantity 1

que what, which, that 1*

   ce __ that which, what 2

qu'est-ce que what 1

qu'est-ce qui what 2

qui est-ce que whom 2

qui est-ce qui who 2

Québec *m.* province of Québec 1

québécois, -e from Québec, Quebecker 4

quel, quelle, quels, quelles what 1*

quelque some, any 1*

   __ chose something 1

quelqu'un, -e someone, somebody, anyone, anybody 1

question *f.* question 1

   en __ in question 4

queue *f.* tail, line-up 2

qui who 1*

   ce __ that which, what 2

quitter to leave 1*

quoi what 1

quotidien, -ne daily 3

rabais *m.* reduction 4

racial, -e racial 2

raconter to tell, to recount 1*

radio *f.* radio 3

raison *f.* reason 2

ralentir to slow down 1A

ramasser to collect, to gather, to pick up 3

ranger to arrange, to tidy up, to put in order 1

rappeler to call back, to call up again, to recall 2

se **rappeler** to remember, to recall 1*

rapport *m.* report 2*; resemblance, relation, connection 3

raquette *f.* racket (tennis) 1

rare rare 3

rarement rarely 1
rayon *m.* shelf 1
réalisateur *m.*, **réalisatrice** *f.* (movie) director 2
réaliser to realize, to convert into money 2
réaliste realistic 3
réalité *f.* reality 2
   en ___ in reality, indeed 3
récemment recently 1
récent, -e recent, new 3
recette *f.* recipe 1
recevoir to receive 1
recherche *f.* research, search, investigation 1*
recommencer to recommence, to begin again 2
reconnaître to recognize 2
recouvert, -e masked, hidden, concealed 4
recouvrir to cover again, to cover over, to conceal, to hide 1
rédaction *f.* writing, drafting, drawing up, essay, composition 1
rédiger to draw up, to draft 4
refaire to remake, to do again 2
se référer to refer, to have reference to 3
réfléchi reflexive 3
   verbe ___ reflexive verb 3
réfrigérateur *m.* refrigerator 4
refuser to refuse 1
regard *m.* look, glance, gaze 4
regarder to look (at), to watch 1
régime *m.* diet 1*
   suivre un ___ to be on a diet 2
région *f.* region 1
régional, -e local, of the district 3
   indicatif ___ area code 3
régisseur *m.* manager, stage manager (theatre) 2
règle *f.* rule 2
régler to direct, to control, to regulate 2
regretter to regret 1
régulièrement regularly 1
reine *f.* queen 1*
se relaxer to relax 2
relever to pick up 4
relier to connect, to unite, to join 2
religieux, religieuse religious 1
religion *f.* religion 1
remarquer to notice 1*
remercier to thank 4*
remettre to put back, to hand over 4

remplacer to replace 1
rencontre *f.* meeting, encounter 3
rencontrer to meet 1*
se rencontrer to meet, to meet each other, to meet with each other 3
rendre to give back, to return 1
   ___ visite (à) to visit (people) 1
se rendre to go, to become 3*
renseignement *m.* information 4
rentrer to return 1*
renverser to knock over, to knock down, to overturn 2, 4A
réparation *f.* mending, repairing, fixing 2
   faire des ___s to make repairs 2*
réparer to repair 1
repas *m.* meal 1*
répéter to repeat, to rehearse 2A
répétition *f.* rehearsal 2
   ___ en plein costume dress rehearsal 2
répondre to answer 1*
réponse *f.* response, answer 2
reporter *m.* reporter 2
se reposer to rest, to pause 2A
reprendre to retake, to return to, to resume 2
représentation *f.* performance 2
représenter to represent 3
réservé, -e reserved, cautious, wary, shy 2
résister to last 2; to resist 3
résoudre to resolve, to solve 3
responsable responsible, answerable 4
responsabilité *f.* responsibility 2
résolution *f.* resolution, solution, decision 2
résoudre to resolve 3A
respecter to respect 1
responsable responsible 2
   être ___ de to be responsible for 2
ressembler (à) to look like, to resemble 2*
se ressembler to be like each other, to be alike 3
ressentir to feel, to experience 1
ressource *f.* resource 1
restaurant *m.* restaurant 1
reste *m.* rest, remainder 4
rester to stay 1*
résultat *m.* result 1
rotard *m.* lateness 2*
   en ___ late 2*

retenir to hold back, to retain 3
retirer to take out, to take away 3
retourner to return, go back again 4
retraite *f.* retirement 2A
   à la ___ retired, on a pension, in retirement 2
   prendre sa ___ to retire (on a pension) 2
réuni, -e reunited 2
réunion *f.* reunion 3
réussir to succeed 1*
rêve *m.* dream 4*
réveil-matin *m.* alarm clock 4
réveiller to wake (someone) up, to awaken, to rouse 1*
se réveiller to wake up, to awaken 1*
révéler to reveal, to discover, to disclose 2
revenir to come back 1*
rêver to dream 1*
revoir to see again, to meet again 4
révolte *f.* revolt 1
revolver *m.* revolver 3
revue *f.* review (periodical, critical article) 1
riche rich, wealthy 3
rideau *m.* (*pl.* **rideaux**) curtain 4A
rien nothing 1*
   ne . . . ___ nothing 1*
rire to laugh 2
risquer to risk 3
rivière *f.* river, stream 1*
riz *m.* rice 3
   au ___ on rice 3
robe *f.* dress 1
robot *m.* robot 3
roi *m.* king 4*
rôle *m.* role, part 1
Romain *m.*, **Romaine** *f.* Roman 4
roman *m.* novel 3A
rosbif *m.* roast beef 2
   sandwich au ___ roast beef sandwich 2
rôti, -e roasted 1
rouge red 1
rougir to blush, to redden 1*
route *f.* road, way, route, direction 1
rue *f.* street 1
ruiner to ruin, to destroy, to spoil 3
rusé, -e artful, crafty, sly 2

sable m. sand 3
sac m. bag 3
 —— **à déjeuner** lunch bag 3
 —— **de couchage** sleeping bag 1
sage wise, discreet, well-behaved 2
saigner to bleed 4
saignant, -e rare (meat) 3
saint m., **sainte** f. saint 4
saisir to seize, to grab 1
saison f. season 3
salade f. salad 4
sale dirty, nasty 1*
salle f. room 2
 —— **de bains** bathroom 4
 —— **de classe** classroom 2
 —— **à manger** dining room 4
salon m. living room 4
salutation f. salutation, greeting 4
sandwich m. sandwich 1*
 —— **au jambon** ham sandwich 2
 —— **au rosbif** roast beef sandwich 2
 —— **aux oeufs** egg sandwich 2
sang m. blood 1A
sans without 1*
santé f. health 1*
 en bonne —— in good health 2*
sapin m. fir tree 1
satisfait, -e satisfied
 être —— **de** to be satisfied with 1
sauce f. sauce, gravy 3
saumon m. salmon 3
sauté, -e fried, tossed in a pan 3
sauter to jump 1
sauvage wild, savage, untamed 1*
 chien —— wild dog 4
sauver to save 1
savoir to know 1*
scénario m. scenario, screen play, script 2
scénariste m. script writer 2
scène f. stage, scenery, scene 1
science-fiction f. science fiction 3
sciences f.pl. science (subject) 2*
scientifique scientific 2
sculpture f. sculpture 1
sec, sèche dry 1A
séché, -e dried 1
sécheuse f. dryer 4
secondaire secondary 2
 école —— secondary school, high school 2
secret m. secret 2
secrétaire m.&f. secretary 4

sécurité f. security 1
sel m. salt 3
selon according to 1
semaine f. week 1*
 par —— a week, per week 1*
 —— **passée** last week 1
 —— **prochaine** next week 1
sembler to seem 4
sens m. sense, meaning 1
sensas sensational, fantastic (shorter form of **sensationnel**) 2
sensible sensitive, impressionable 2, 3A
sentiment m. feeling, sentiment, affection 2
se sentir to feel 2*
serpent m. snake, serpent 1
service m. service, duty, office, function 2
serviette f. napkin, serviette, towel 4*
servir to serve 1
 —— **à** to be used for, to serve as 4
se servir (de) to use 4
seul, -e only, alone, lonely, sole 1*
seul m., **seule** f. the only one 4
seulement only 4*
sévère severe, stern, harsh 4
sexe m. sex 3
si if 1; so, so much 2
siècle m. century 1*
siffler to whistle 2
signer to sign 4
silence m. silence 2
silencieusement silently 3
signaler to signal 1
singe m. ape, monkey 2
singulier m. singular 4
singulier, singulière singular 1
sinon if not 4
sirop m. syrup 3
situation f. situation 1
ski m. ski, skiing 1
 —— **de fond** cross-country skiing 1
 faire du —— to ski 1
snack m. snack 1
société f. society, association, community 1
 —— **protectrice des animaux** Humane Society 3
soeur f. sister 1
sofa m. sofa 4
soi oneself, himself, herself, itself 3

soif f. thirst 2
 avoir —— to be thirsty 2
soigner to take care of, to care for 2*
soir m. evening 1*
 le —— in the evening 1
soirée f. evening party 2
solaire solar 1
 lunettes ——s sunglasses 1
 système —— solar system 3
soldat m. soldier 1
solde m. balance 3
sole f. sole 3
soleil m. sun 1*
 au —— in the sun 1
 faire du —— to be sunny (weather) 2*
solitude f. solitude, loneliness 1
solution f. solution 3
sombre dark 4
sommet m. top, summit 4
son m. sound 1
sonner to ring 1, 4A
sorbet m. sherbet 3
sorcier m. sorcerer 4
sorte f. type, kind 3
sortir to go out 1*
soudainement suddenly 1*
souffrance f. suffering 1
souhaiter to wish (for), to desire 4
soulier m. shoe 3
soupe f. soup 1
souper m. supper (Fr. Can.), evening meal 2
source f. source 1
sourd, -e deaf 2A
sourd m., **sourde** f. deaf person 2
sourire m. smile 2
souris f. mouse 1
 piège à —— mousetrap 4
sous under 1
sous-sol m. cellar, basement 1
se souvenir (de) to remember 2*
souvent often 1*
spatial, -e pertaining to space 3
se spécialiser to be a specialist 3
spectacle m. spectacle, play, performance 2
sport m. sport 2
 faire du —— to be active in sports 2
sportif, sportive athletic 1
station f. station (of bus, train)
 ——**-service** f. service station 1
stationner to park 3
statue f. statue 4

structure *f.* structure 1
studio *m.* studio 2
stylo *m.* pen 2
substituer to substitute 4
succès *m.* success 2
  avoir du ___ to be successful 2
sud south 1
sud *m.* South 1A
suggestion *f.* suggestion 3
suite *f.* continuation, following episode
  tout de ___ immediately 1
suivant, -e following 1
suivre to follow, to take (a course) 1A
  ___ un cours to take a course 1
  ___ un régime to be on a diet 2
sujet *m.* subject 2
  au ___ de pertaining to 2
superbe superb, splendid 1
supérieur, -e superior 1
supériorité *f.* superiority 4
superlatif *m.* superlative 2
supermarché *m.* supermarket 3
superstitieux, superstitieuse
superstitious 2
superstition *f.* superstition 2
supporter to tolerate, to support 2A
sur on 1
  neuf fois ___ dix 9 times out of 10 2
sûr, -e sure, certain 2
  bien ___! of course! 2
  être ___ de to be sure of 2
surpris, -e surprised 4
surtout above all, chiefly 3A
survivre to survive 1
suspendre to suspend, to hang up 4
suspense *m.* suspense, suspension 3
sympathique congenial, likeable,
sympathetic 2A
système *m.* system, scheme, plan 3
  ___ solaire solar system 3

table *f.* table 1
  à ___ at the table 1
tableau *m.* blackboard, picture 2
se taire to be quiet 2A
talent *m.* talent 2
tant (de) so much, such, so many 2
tante *f.* aunt 1
tapis *m.* rug, carpet 4A
tard late 1
  plus ___ later 2
tarte *f.* pie 3

tas *m.* heap, pile, set 3
  un ___ de a lot of, a great number
of 3A
tasse *f.* cup 1
technique technical 2
télé *f.* television 1
  à la ___ on TV 2*
téléphone *m.* telephone 1
  au ___ on the phone 2
téléphoner to telephone, to call 2
téléphoniste *f.* operator, telephone
operator 3
tel, -le such, like 1
tellement so, so much 1
tempérament *m.* temper, character 3
température *f.* temperature 4
temps *m.* time, weather 1
  de ___ en ___ from time to time 4
  en ce ___-là at that time 1
  ___ chaud warm weather 4
tendrement tenderly 2
tenir to hold 1*
  ___ compte de to take into
consideration 1
tennis *m.* tennis 1
  jouer au ___ to play tennis 1
terminaison *f.* ending 1
se terminer to end 2
terrain *m.* ground, earth, position,
site 3
terre *f.* earth, ground 1*
  par ___ on the ground 4
terrestre *m.* earthling 4
terrifié, -e terrified 3
territoire *m.* territory 1
test *m.* test 1
tête *f.* head 2
  ___-à-___ *m.* private conversation (for
two) 1
texte *m.* text, script 2
théâtre *m.* theatre 1
tigre *m.* tiger 2
timbre *m.* stamp 1
tire *f.* taffy, toffee 4
  faire la ___ to pull taffy 4
tirer to pull, to shoot, to draw 1*
tiret *m.* hyphen, dash 2
tiroir *m.* drawer 3*
toi you (familiar) 1
toilette *f.* toilet 2
toilettes *f.pl.* washroom 4
tomate *f.* tomato 1

tomber to fall 1
  faire ___ to throw, push or knock
down 4
tort *m.* wrong, injustice, harm, injury 1
  avoir ___ to be wrong 1*
torturer to torture 2
tôt early 3
touché, -e touched, moved 3
toucher to touch, to handle, to feel 1; to
receive (money) 3
toujours always 1*
tour *m.* tour, trip 3; trick 4A
  jouer un ___ à quelqu'un to play a trick
on someone 4A
tour *f.* tower 4
touristique tourist 1
tournage *m.* shooting 2
tourner to turn 1; to shoot (film) 2
  ___ un film to shoot a film 2A
tous everyone 1
tout *m.* whole, all of it 1
tout, toute, tous, toutes all 1*
  ___ à coup suddenly 4*
  ___ d'un coup all at once, at once 4
  ___ de suite immediately 1
  ___ le monde everyone 1
  pas du ___ not at all 1
tout-puissant, toute-puissante
omnipotent, all-powerful 3
trac *m.* stage fright 2
trace *f.* (hand) trace, print 4*
tracé, -e traced, marked out 4
tradition *f.* tradition 1
trafiquant *m.* dealer 1
train *m.* train 1
  en ___ de in the process of 1
traite *f.* journey, stage, stretch 1;
trading 1A
traiter to treat, to negotiate, to discuss, to
handle 3
traiteur *m.* trader 1
tranquil, -le quiet, peaceful 2
tranquillement peacefully 1
transférer to transfer 3
transformer to transform, to change 3
transplantation *f.* transplant 3
transport *m.* transport, removal,
transfer 1
transporter to transport 1
transfusion *f.* transfusion 1
trappeur *m.* trapper 1
travail *m.* work 1
travailler to work 1*

205

traverser to cross 1*
tremblant, -e trembling, shaking 4
trembler to tremble, to shake, to shiver 4
très very 1
tribu f. tribe 1
triste sad 4
troisième third 3
trop too, too much, too many 1*
trou m. hole 2
   ___ de mémoire lapse of memory 2
troupeau m. (pl. **troupeaux**) flock, herd 1
trouver to find 1*
se **trouver** to be situated 1
truite f. trout 3
   ___ amandine trout with almonds and butter 3
tuer to kill 1
tunnel m. tunnel 3
typiquement typically 1

un, une, des a, an, some 1
uniquement solely 2
univers m. universe 3
université f. university 2
utile useful 2
unité f. unit 1
urgence f. urgency 1
utilisé, -e used 4

vacances f.pl. vacation, holidays 1*
   en ___ on vacation 4
vaisselle f. dishes 1
va-et-vient m. coming and going 2
valider to make valid 3
valise f. suitcase 1
varié, -e varied 2
vaste vast, wide, spacious 1
veau m. (pl. **veaux**) veal, calf 3
vedette f. star (theatre) 2A
veillé, -e watched over, looked after 2
vendeur m. **vendeuse** f. seller, vendor, dealer 1
vendre to sell 1*
venir to come 1*
   ___ de to have just 3
vente f. sale 1
verbe m. verb 1
vérité f. truth 2
   dire la ___ to tell the truth 4
vérifier to check, to verify 2
verre m. glass 3

vers to, towards 1*
vert, -e green 1
vêtements m.pl. clothes 1
viande f. meat 1*
victime f. victim, sufferer 3
victoire f. victory 3
vie f. life 1*
   en ___ alive 2
vieux, vieille old 1
vif, vive lively, animated, ardent, eager 1
villa f. villa, country-house 2
village m. village 2
villageois m., **villageoise** f. villager 4
ville f. city 1*
   en ___ in the city, to the city 2
violence f. violence 1
violet, violette violet 4
violon m. violin 1
viré, -e transferred, turned about, turned 3
   à frais ___s collect (telephone) 3
visite f. visit 2
visiter to visit 1
visiteur m., **visiteuse** f. visitor 4
vite quickly, fast 1
vitesse f. speed, quickness 1*
vivement quickly, spiritedly, vividly 4
vivre to live 1
voici here is, here are 1
voilà there, there is, there are 3
voir to see 1*
voiture f. car 1
voix f. voice 1
   à haute ___ in a loud voice 1
voleur m., **voleuse** f. thief 3
volley-ball m. volleyball 1
vouloir to want, to wish for 1*
   ___ dire to mean 1
voyage m. trip, voyage 2
voyager to travel 1*
voyageur m., **voyageuse** f. traveller 1
voyelle f. vowel 3
vrai, -e real, true 1
vraiment really, truly 1*
vue f. sight, eyesight, view 2

week-end m. week-end 1

y there 1
yeux m.pl. (sing. **oeil**) eyes 2

zéro m. zero 3

206

INDEX GRAMMATICAL

3 4 5 112020 86 85 84